DREAMBOOKS★

정령의 펜던트

발렌 판타지 장편소설

ORIGINAL FANTASY STORY & ADVENTURE

dream
books
드림북스

정령의 펜던트 7 데스 vs 라예가르

초판 1쇄 인쇄 2020년 5월 26일
초판 1쇄 발행 2020년 6월 9일

지은이 발렌
발행인 오영배
편집 편집부
일러스트 보살
만화 빅피
표지 · 본문 디자인 오정인
제작 조하늬

펴낸곳 (주)삼양출판사 · 드림북스
주소 서울시 강북구 도봉로 173
대표 전화 02-980-2112 **팩스** 02-983-0660
편집부 전화 02-987-9393 **팩스** 02-980-2115
블로그 blog.naver.com/dreambookss
출판등록 1999년 3월 11일 제9-00046호

ⓒ 발렌, 2020

ISBN 979-11-283-9854-4 (04810) / 979-11-283-9513-0 (세트)

드림북스는 (주)삼양출판사의 판타지 · 무협 문학 브랜드입니다.

7

발렌 판타지 장편소설

ORIGINAL FANTASY STORY & ADVENTURE

데스 vs 라예가르

정령의
펜던트

dream
books
드림북스

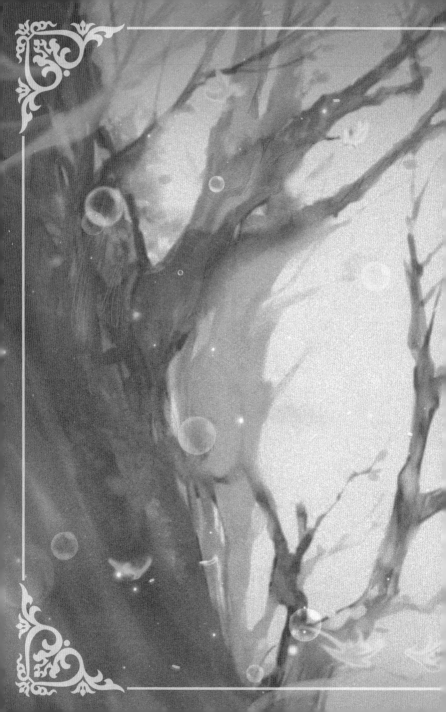

목차

---◆---

---◆---

Chapter 1.
란데르트 공작의 신위

1.

란데르트 공작은 셔츠의 윗단추를 몇 개 풀어 헤쳤다. 메마른 바람이 열린 창틈 너머로 슬금슬금 불어왔다. 황태자의 생일 이후 오랜만에 찾은 황궁은 원래도 건조했지만, 더운 여름을 맞아 공기가 더욱 바짝 말라 있었다.

"…이베트가 싫어했겠군."

멍하니 창밖을 바라보던 란데르트 공작은 홀로 나직이 중얼거렸다. 비 오는 것을 유난히 좋아했던 그녀이니, 만약 지금도 함께였다면 황궁에는 같이 오지 못했으리라.

란데르트 공작이 그러하듯 이곳엔 이베트가 좋아할 만한 것이 하나도 없었다.

'바율은 무얼 하고 있을까······.'

해밀턴에 두고 온 아들이 눈에 밟혔다. 그간 소원했던 부자 사이에 조금이나마 진전이 있었던 건 긍정적이지만, 바일을 떠나 보냈던 강 앞에서 흐느껴 울던 바율의 모습이 잊히질 않는다.

녀석을 진작 돌봐 주지 못해서, 녀석을 좀 더 일찍 안아 주지 못해서 그것이 공작은 못내 후회스러웠다.

'나중에 이베트에게 혼이 날 수도 있겠군.'

그래도 그녀를 다시 만날 수만 있다면 백번, 천 번이라도 혼이 나고 싶은 게 공작의 바람이었다.

"후우······."

란데르트 공작이 한숨을 몰아쉬며 목 언저리로 손을 가져갔다. 평상시엔 제복에 가려져 있던 목걸이가 햇살을 받아 반짝거리며 그의 긴 손가락에 감겼다.

줄이 그리 굵지 않은, 깔끔하면서도 세련된 스타일의 목걸이였다. 특이한 점이라면 보통의 메달과는 달리 반지가 걸려 있다는 것이었다.

푸른색 보석이 영롱하게 빛나는, 한눈에 보기에도 매우 귀한 느낌의 반지. 바로 퀸이 그토록 애타게 찾고 있는 대양의 눈이었다.

바율이 고민이 있을 때마다 펜던트를 어루만지듯 란데르

트 공작 역시 반지를 손에 쥐어 위안을 얻고는 했다. 그럴수록 그리움이 더욱 커지고는 했지만, 어차피 떨쳐 낼 수 없는 기억이었다. 그가 할 수 있는 일이라곤 그저 견디는 것뿐이었다.

"공작 전하, 사다드입니다."

그렇게 얼마나 있었을까. 사다드가 아침 보고를 위해 공작을 찾았다. 그런 그의 안색이 평소와 달리 상당히 굳어 있었다.

"무슨 일이지?"

무언가 안 좋은 일이 일어났음을 대번에 짐작하고 공작이 물었다.

"새벽에 들어온 소식입니다. 그게……."

"자네답지 않군."

이렇듯 뜸을 들이는 건 사다드다운 태도가 아니었다.

"뭔데 그러나? 간밤에 누가 죽기라도 한 건가?"

"……!"

란데르트 공작은 그냥 한 말이었는데, 사다드의 반응이 심상치 않다. 공작의 눈빛이 가늘어졌다.

"…밤사이는 아니지만 죽었답니다."

"누가 말인가?"

"바라첼…… 상황입니다."

"…사실인가?"

란데르트 공작이 믿을 수 없다는 듯 되물었다. 공작이 직접 그의 손으로 반신불수를 만들긴 했으나, 이토록 일찍 죽을 목숨은 아니었다.

바라첼 상황은 마에스터의 경지에까지는 오르지 못했어도 그에 필적할 만한 실력을 지닌 자였다. 그런 만큼 신체적으론 불편했을지언정 범인보다는 나은 체력이었을 터였다. 그런 자가 갑자기 죽었다니 공작은 믿기지가 않았다.

"드와이어트 제국의 사절단이 몰래 떠드는 것을 저희 쪽에서 엿들은 모양입니다."

"시기는?"

"아직 정확히는 모르겠으나 얼마 되지 않은 듯합니다."

"아무리 그래도 그렇지, 이런 소식을 왜 이제야 알게 된 거지? 그쪽 진영에선 연락이 없었나?"

"제 추측으로는 아무래도 로이안 황제 측에서 바라첼 상황의 부고를 입 다물고 있는 것 같습니다."

아들이 아버지의 죽음을 숨겼다.

왜지?

바라첼 전 황제는 한때 용병왕이라 불리며 대륙을 들썩이게 한 존재였다. 약소국이었던 드와이어트 제국을 폴스카 제국에 버금갈 정도로 키운 전대미문의 황제였다.

아무리 전쟁에서 패하고 황위에서 물러났다지만, 죽음까지 숨긴다?

성대한 장례식까지는 아니더라도 그에 적법한 절차 정도는 밟는 것이 정상일 텐데, 참으로 이상한 일이다.

"좀 더 자세히 알아보도록 하게."

"예, 서두르라 명했습니다."

"아버지를 잃은 아들이, 그 아버지를 불구로 만든 내가 있는 곳에 축하를 하러 왔다, 라……."

이것이 정녕 말이 되는 상황이란 말인가?

"혹시 특별히 눈이 가는 자들은 없으셨습니까?"

드와이어트 제국 사절단은 물론이고 전 왕국의 사절단을 감시하는 중이었다. 아직 수상한 기미에 대한 제보는 없었지만, 그의 주군은 남들은 볼 수 없는 것을 보시는 분이었다. 그에 사다드가 정중하게 물은 것이다.

"내가 본 바로는 없다. 있었다면 벌써 말을 했겠지."

"어딘가에 숨어 있는 걸까요?"

"어쩌면 그럴 수도."

황궁은 넓고 몸을 숨길 장소는 많았다. 란데르트 공작이 그 넓은 곳과 그 많은 사람을 다 일일이 살필 수는 없는 노릇이었다.

"헤이즈가 그러는데, 드와이어트 제국의 사절단에 고수

들이 대거 포진되어 있다고 하더군요. 제가 느낀 바보다 훨씬 많아서 적잖이 당황했습니다."

"검은 부러졌어도 날카로움은 남을 수 있지. 로이안 황제의 성취도 제법이더군."

아버지의 재능을 그대로 물려받았는지 로이안 황제 역시 타고난 무인이었다. 완숙한 사내로 란데르트 공작 앞에 다시 나타난 그는 완벽한 표정 관리를 하며 손을 내밀어 공작과 악수하기까지 했다.

란데르트 공작 또한 불편한 내색 없이 그를 대하였지만, 둘 사이에 흐르는 긴장감은 주위에 있는 모두가 느낄 정도로 대단했다.

황제의 결혼식이 바로 거행되었기에 긴 대화는 나누지 못하였다. 하나 식이 진행되는 동안 엄청난 시선이 둘에게 모아졌었다.

엄숙해야 할 결혼식이기에 수군거림은 없었어도, 어쨌든 어제 황제의 결혼식에서 제일 많은 관심을 받은 것은 둘의 만남이었다.

"오늘 피로연은 어떡하실 겁니까?"

며칠간 성대한 연회가 열릴 예정이었다. 란데르트 공작도 하루쯤은 반드시 참석해야 한다. 로이안 황제와의 대면을 피하기만 할 수는 없다는 뜻이다.

"내일로 미루시겠습니까?"

"그럼 더 떠들어 대지 않겠나?"

"그야 그렇지요."

"낮에는 업무 좀 보다가 해가 지면 참석할까 하네."

"예, 리암 님께도 그리 전달하겠습니다."

황궁에만 오면 란데르트 공작 대신에 더욱 바빠지는 리암이었다. 황도에 함께 오기는 했지만, 도착한 이후로 공작은 동생의 얼굴도 제대로 볼 수가 없었다. 어제 황제의 결혼식에서 먼발치로 본 것이 다였다.

"손님이 오는군."

사다드의 보고가 거의 끝나 갈 즈음 기다리고 있던 방문객이 찾아왔다.

"저는 그럼 나가 있겠습니다."

란데르트 공작이 고개를 끄덕이자 사다드가 성큼성큼 걸어가 문을 열었다.

"오셨습니까."

사다드가 무표정한 얼굴로, 그러나 예의 반듯하게 막 문앞에 당도한 상대에게 인사했다.

"안에 계시겠지?"

사다드가 옆으로 비키자 그가 당당히 입성했다. 그의 뒤를 수하가 따르려는데, 사다드가 막아섰다.

"…뭡니까?"

"공작 전하께서 두 분이서만 나눌 말씀이 있다고 했네. 자네는 밖에서 기다리게."

"그럴 수 없소. 안에서 무슨 일이 일어날지 알고……."

"지금 감히 공작 전하를 의심하는 건가?"

사다드의 뾰족한 음성에 사내가 움찔했다. 만월 기사단도 기사단이지만, 란데르트 공작의 수행 기사인 그에 대해선 진즉부터 만만히 볼 상대가 아니라는 게 널리 알려진 사실이었다.

공작의 절대적인 신임을 받고 있는 그의 눈 밖에 나게 되면 누구든 황궁에서 오래 발붙이기 어렵다는 말이 있을 정도였다.

"나는 괜찮다."

마침 먼저 들어간 주군의 명이 떨어졌다. 사내가 순순히 뒤로 물러나자 곧바로 문이 닫혔다.

"그래, 날 왜 보자고 했소?"

란데르트 공작을 찾아온 자는 도당의 의장이자 자레드의 아버지인 헥터 공작이었다. 란데르트 공작과 달리 화려한 예복 차림을 한 그가 소파에 앉아 거만하게 다리를 꼬며 물었다.

"파티장에서 오는 길이신가 봅니다."

"인사를 나눌 분들이 한두 분이 아니라서 말입니다."

"제가 바쁘신 분을 귀찮게 해 드렸군요."

"사실 그래서 내일 찾아뵐까 하다가 급하신 것 같기에 특별히 시간을 내어 보았습니다."

"그러셨습니까? 하면 저도 그리 급한 것은 아니니, 내일 다시 뵙도록 하지요."

란데르트 공작은 웃으며 헥터 공작을 똑바로 마주했다. 이미 그는 자신이 왜 불렀는지 알고 있을 것이다. 찔리는 것이 없었다면 절대 그의 부름에 답하지 않았을 것을, 그도 알고 공작도 알았다.

"…이왕 온 것 먼저 들어나 보겠습니다."

헥터 공작의 입가가 미세하게 떨렸다. 하나 그는 애써 평정심을 유지하며 란데르트 공작을 바라봤다.

"그리 응답해 주시니 감사하군요. 하면 말씀드리죠."

란데르트 공작이 잠시 쉬었다가 말을 이었다.

"즉시 철회하십시오."

"…무엇을 말입니까?"

"알고 계실 거라고 사료됩니다만."

"제가 뭘 알고 있다는 것인지……?"

"황실의 출납은 재상부의 소관입니다. 도당의 의장께서 관여하실 일이 아니지요."

"당연한 말씀이시긴 한데, 자꾸 이해할 수 없는 발언을 하십니다. 허허, 도무지 무슨 뜻인지 감도 오지 않는군요."

헥터 공작은 우선 오리발을 내밀었다. 당장 어떤 증거도 내밀지 않은 상황에서 인정하는 것은 바보들이나 하는 짓이었다. 모른 척 잡아떼는 것만큼 쉬운 방법은 없었다.

"진정 그리 생각하십니까?"

상대가 이렇게 나올 것임은 란데르트 공작 역시 짐작하던 바였다.

"그러하시다면 정식으로 재상부에 감찰 건의를 넣어 봐야겠군요."

"……!"

"도당에도 논제를 올려야겠습니다."

"이, 이보시오! 란데르트 공작!"

"말씀하시지요, 헥터 공작."

당황한 헥터 공작과 달리 란데르트 공작은 평온하기만 했다.

"지금이 어느 시국인지 잊으신 게요? 폐하께서 성혼을 올리신 지 이제 고작 하루밤에 지나지 않았소. 이런 경사스러운 시기에, 폐하의 심기를 어지르는 건 신하의 도리가 아니지요!"

"그렇습니까?"

"그것은 아주 큰 불경이외다!"

"그 불경을 누가 저지르고 있는 겁니까? 저입니까, 헥터 공작입니까?"

헥터 공작은 말을 잇지 못했다.

'제기랄! 설마 설마 했는데……!'

긴밀하게 진행한 일이었다. 아직 캐링스턴 아카데미 측에 지원금이 끊길 거란 정식 통보조차 안 한 마당에 그가 어떻게 알았는지 기가 찰 노릇이다. 갑작스러운 연락에 혹시나 하고 왔건만 예감 적중이었다.

"자레드 군의 소식은 안타깝게 들었습니다. 자식을 아끼는 부모 마음은 저도 이해합니다. 하지만 정도는 지켜 주셔야지요."

안 그러면 저 역시 가만히 있을 수는 없습니다.

란데르트 공작은 더 말하지 않았지만, 헥터 공작에게는 그렇게 들렸다.

차갑게 가라앉은 저 눈빛.

이십 대 청년의 얼굴을 하고서는, 모든 것을 꿰뚫고 있는 듯한 관록을 보이는 그의 태도.

헥터 공작이 가장 경멸하면서도 도무지 이길 수 없는 위엄이었다.

"더 하실 말씀 있으십니까?"

란데르트 공작의 명백한 축객령이었다. 헥터 공작은 입을 꽉 다문 채 그대로 일어나 방에서 걸어 나갔다. 그런 그의 얼굴이 모멸감과 수치심으로 벌겋게 타올랐다.

2.

"지긋지긋하군."

길고 지루한 시달림 끝에 겨우 시간을 뺐다. 하도 억지로 웃음을 지었더니 입가에 경련이 올 지경이었다.

"다들 말들이 어찌나 많던지. 입만 산 자들이 대륙 곳곳에서 몰려든 것 같더군."

"시가 한 대 피우시겠습니까?"

얼굴 가득 인상을 쓰며 불만을 쏟아 내던 사내가 손을 내밀자 곧바로 불붙은 시가가 그의 손가락에 쥐어졌다. 본국에서 생산되는 최고급 시가였다.

"후우읍."

사내가 시가를 길게 한 모금 빨아들여 삼켰다.

"이제야 좀 살 것 같군."

치밀어 오르던 분노와 살심이 그제야 조금씩 진정되는

듯했다.

"피곤하시면 오늘 일정은 그만 마무리하시는 게 어떻겠
습니까?"

"그러다 그가 오면?"

"…굳이 다시 만나실 필요가 있을까요?"

"본즈."

"예, 폐하."

시가를 대령했던 중년의 남자가 사내의 부름에 즉시 허
리를 굽히며 대답했다. 그에게 이름이 불렸다는 건 안 좋은
징조였다.

"자네는 내가 여기 왜 온 것 같아?"

"그건……."

"남의 나라 황제가 결혼하는 게 뭐 그리 대수라고 내가
여기까지 와? 내가 그렇게 한가한 사람인가?"

본래도 거칠었던 사내의 말투가 한층 더 사나워졌다.

"내 신세가 처량해 보이던가? 전쟁에서 패한 망국의 황
제라서?"

"폐하, 오해이십니다! 신은 절대 그런 뜻으로 말씀드린
것이 아니오라……."

"요즘 좀 잠잠했지?"

"……!"

사내가 천천히 몸을 일으켰다. 그의 건장한 체격 때문일까, 그도 아니면 살벌한 눈빛 때문일까. 그가 일어나자 엄청난 위압감이 방 안을 채웠다.

"폐, 폐하! 살려 주십시오!"

본즈 백작이 벌벌 떨며 바닥에 납작 몸을 엎드렸다. 그의 주군이라면 맨손으로도 그의 목을 가볍게 꺾을 수 있다는 걸 그는 너무나도 잘 알고 있었다.

"나도 죽일 생각은 없어."

남의 나라에 와서 자국의 국민을 죽일 수는 없었다. 그저 적당한 벌만으로도 충분했다. 그가 시가를 들지 않은 남은 한 손으로 본즈의 뒷덜미를 낚아챘다.

"그만."

그때 실내의 한쪽 구석에서 조용히 자리를 지키고 있던 사내 하나가 그림자를 뚫고 나왔다.

"그만해, 로이안."

긴 흑발에 묘한 빛깔의 눈을 가진 자였다. 가까이 다가오는 동안 눈동자의 색이 빛을 받으며 여러 번 바뀌었다. 피부는 창백하리만치 하얬고, 그래선지 붉은 입술은 더욱 도드라져 보였다.

"반다인, 네가 참견할 일 아니야."

"본즈 백작님, 그만 나가 보세요."

"끼어들지 말라니까?"

"적국의 신전에서 치료받고 싶은 게 아니라면 제 말 들으세요, 본즈 백작님."

두 사내의 명령 사이에서 갈팡질팡하던 본즈 백작은 결국 자신을 위한 쪽으로 결정을 내렸다. 그가 황급히 몸을 추스르더니 후다닥 뛰쳐나갔다.

"죽고 싶냐? 참견하지 말라는 내 말 안 들려?"

로이안의 노기가 반다인을 향해 쏘아졌다. 그가 대로하며 자신의 평생지기이자 호위 기사인 반다인을 매섭게 노려보았다.

"너야말로 그만하라는 내 말 못 들었어?"

"명을 내리는 쪽은 네가 아니라 나야."

"네가 이성을 잃지만 않는다면 그렇지."

반다인이 로이안의 정면으로 걸어와 그를 똑바로 내려다보았다. 로이안도 큰 키를 지녔지만 반다인에 비할 바는 아니었다. 친구의 서슬 퍼런 눈빛에도 전혀 기죽지 않고 응수하는 그의 모습은 한 마리의 흑표범을 연상시켰다.

"……."

차분한 그 태도에 영향을 받은 것일까. 로이안의 얼굴에서 서서히 분노가 걷혔다.

"젠장."

그가 시가를 다시 입에 물며 소파에 털썩 몸을 뉘었다.

"엄한 데 화풀이하지 마. 지금 보는 눈이 몇 개인지 알아?"

"잔소리라면 접어 둬라. 나도 충분히 참고 있으니까. 후우—!"

로이안이 한숨을 내뱉듯 시가 연기를 내뿜었다. 그런 친구를 잠시 묵묵히 살피던 반다인이 다시 입을 열었다.

"네 기분 짐작 못 하는 거 아니야. 나 또한 너와 다르지 않아."

"알겠다고. 그만하라고."

"이런 상태로는 그와 대면할 수 없어. 여기에 온 이유를 기억하란 말이야. 분풀이라면 미뤄 둬. 그건 본국에 가서도 얼마든지 할 수 있으니까."

"저놈의 잔소리 또 시작이군."

반다인의 말이 길어지면 어떤 상황이 벌어지는지 잘 아는 로이안이었다. 그가 듣기 싫다는 듯 팩 돌아누웠다.

"대부님께서 어찌 돌아가셨는지 잊지 않았겠지?"

돌아누운 로이안의 등줄기가 움찔했다. 그의 뇌리로 그날의 한 장면이 그림처럼 떠올랐다가 사라졌다. 핏빛 향내가 진동하던 궁궐에서 목 놓아 울던 자신의 치욕스러운 모습. 오늘 그가 이곳에 있는 이유이기도 했다.

"…본즈 백작 불러와."

한참을 죽은 듯이 소파에 누워 있던 로이안이 돌연 차갑게 식은 눈빛으로 일어나 앉았다. 그런 그의 눈은 더 이상 아버지를 잃은 자식의 것이 아니었다. 다시금 일국의 황제에게 어울리는 빛으로 되돌아와 있었다.

"폐하, 부르셨습니까."

잠시 후, 본즈 백작이 들어섰다. 그는 여전히 두려운 기색이 가득했지만, 애써 떨림을 감추고 있었다.

"란데르트 공작에게 내가 좀 보잔다고 전하게."

"독대를 하시겠다는 말씀입니까?"

"그가 나타나질 않으니 내가 부르는 수밖에."

"그게…… 조금 전에 연회장에 들었다는 보고가 있었습니다."

"그래? 훗, 드디어 행차하셨군."

듣던 중 반가운 소식이었다.

"어떻게…… 연락을 넣을까요?"

"아니, 되었다. 내가 직접 가지."

전과 후의 모습을 똑똑히 기억해 두고 싶었다. 그러니 이왕이면 많은 이들이 자리한 곳이 훨씬 나을 것이다. 그래야 훗날 더 크게 웃을 수 있을 테니까.

가장 소중한 걸 잃어버렸을 때의 그가 보일 얼굴이 참으로 궁금해지는 순간이었다.

3.

　란데르트 공작이 피로연에 모습을 드러내자 일순간에 모든 시선이 그에게 집중되었다. 제국에서 살아 있는 전설로 통하는 공작은 타국에서도 크게 다르지 않았다. 십년전쟁에 종지부를 찍은 그의 위명은 이미 전 대륙에 고루 퍼져 있었다.

　"익히 들어 알고는 있었습니다만, 실로 놀랍군요. 아직도 저런 젊음을 유지하고 계시다니 대단합니다!"

　"그러게 말이오! 실제로 보고도 믿기지 않는구려!"

　"세상에, 어쩜 저리도 늠름하실까!"

　"저는 바라만 봐도 좋습니다! 오늘 밤이 이대로 멈췄으면 소원이 없을 것 같아요!"

　나이와 어울리지 않은 란데르트 공작의 외모는 언제나 화젯거리였다. 특히나 이번에는 타국의 사신들이 많이들 참석한 자리였다. 소문으로만 듣던 것을 직접 목도한 이들의 탄성이 란데르트 공작의 귀에까지 들릴 정도로 시끄러웠다.

"형님, 오셨습니까."

각국의 사신들과 친분을 쌓고 있던 리암이 잠시 양해를 구하고 란데르트 공작에게로 왔다. 서열이 뒤바뀐 듯한 둘의 외모 때문인지 수군거림이 더욱 커졌다. 물론 늘 그래 왔듯이 두 형제는 전혀 신경 쓰지 않았다.

"그래, 저녁은 먹었느냐?"

자신을 대신하느라 바쁜 동생이기에 만나면 우선 제때 밥을 챙겨 먹었는지 묻는 것이 공작의 오랜 습관이었다. 그 일관적인 물음에 리암이 웃으며 대꾸했다.

"예, 그럼요. 형님은 드셨습니까?"

"별생각이 없더구나."

"꽤 긴 시간 잡혀 계실 텐데 괜찮으시겠어요? 지금이라도 좀 드시는 것이 좋을 듯한데……."

리암의 음성이 공작에게만 들릴 정도로 낮아졌다.

"내게 용무가 있는 자들이 많더냐?"

"아무래도 시기가 좀 그렇지요?"

동생의 대답에 란데르트 공작의 이마가 살짝 찡그려졌다.

"그냥 네가 다 처리하면 안 되는 것이냐?"

"제가 형님의 동생이지, 형님인 건 아니지 않습니까? 대부분이 그저 형님과 말 한 번 나눠 보고자 하는 것입니다. 그러니 적당히 상대해 주십시오."

형식상의 만남이지만, 갖가지 일을 하다 보면 그런 것이 중요해질 때가 있었다. 가벼운 눈도장만으로도 막혔던 일이 해결되는 경우가 종종 생긴다. 그게 바로 란데르트 공작이 가진 힘이었다.

"알았다."

허락이 떨어졌다. 그러자 형제의 주변에서 눈치만 살피고 있던 각국의 귀족들은 이제 리암의 입술이 벌어지기만을 간절히 기다렸다. 그가 어느 나라를 먼저 불러낼지 모두의 촉각이 곤두세워졌다.

"로, 로이안 황제야!"

"헉! 왜 다시 왔지?"

다시금 장내가 소란스러워진 것은 그때였다. 언젠가부터 보이지 않던 로이안 황제가 수하들과 함께 연회장에 재차 모습을 드러낸 것이다.

사신단 중 유일하게 일국의 황제가 직접 참석했다. 본국의 황제는 신혼을 즐기느라 바빴기에 현 파티장에서 신분이 가장 높은 자를 따지자면 로이안 황제였다.

그가 곧장 란데르트 공작을 향해 걸어가는 것을 보고 경악하는 이들이 있는가 하면, 새어 나오는 신음을 막고자 손으로 입을 가리거나, 아예 뒤돌아서는 등 각양각색의 반응이 터져 나왔다.

"형님."

"공작 전하."

리암은 물론 근처에서 수행 중이던 사다드까지 공작을 불렀다. 걱정이 담긴 그들의 음색에 공작은 부러 미소를 지어 보였다.

"언젠가 한 번은 부딪칠 일이었다. 그게 오늘일 뿐이니 물러나 있거라."

란데르트 공작은 담담한 표정으로 다가오는 로이안 황제를 기다렸다.

"란데르트 공작."

"로이안 황제 폐하."

서로를 호칭하며 두 사내가 예를 갖춰 인사했다.

"피로연에는 참석하지 않으실 줄 알았습니다. 이렇게 다시 뵙게 되니 반갑군요."

"해가 지니 술 생각이 나서 말입니다. 한잔하시겠습니까?"

란데르트 공작이 먼저 자리 이동을 건의했다. 그가 가리키는 곳 역시 파티장의 한 부분이었지만, 그래도 당장 여기보다는 조용했다.

"그럴까요?"

로이안 황제는 흔쾌히 승낙했다. 그 또한 바라는 바였기 때문이다. 서로에게 집중하기 위해선 이 편이 더 좋았다.

란데르트 공작과 로이안 황제가 어깨를 나란히 하며 걸어가는 모습은 대단히 인상적이었다. 한때는 적이었고, 아버지를 불구로 만든 원수이기도 하다. 그런 그들이 웃으며 함께하는 장면은 신기하면서도 무척이나 괴이했다.

"그래, 어떻게 지내셨습니까? 워낙 위명이 강대하신 분이라 본국까지 소식이 전해지긴 합니다만, 직접 들어 보고 싶군요."

"저야 뭐 특별할 것 없이 그저 그렇게 지내고 있습니다. 상황께선 잘 계십니까?"

란데르트 공작이 샴페인을 들어 그에게 건네며 아무렇지 않게 물었다.

"……!"

그 순간 완벽한 표정 관리를 하던 로이안의 안색이 흐려졌다.

'사실이었군.'

혹시나 하는 생각에 확인 차 건넨 말이었다. 대답은 이것으로 충분하다. 바라첼 전 황제가 무슨 연유로 생을 마감하였는지, 부고를 숨기는 이유는 또 무엇인지 이제는 그것을 알아내야 했다.

"…물론입니다. 아버지께선 더할 나위 없이 아주 잘 지내고 계십니다."

란데르트 공작이 아니라면 누구도 의심할 수 없을 정도로 로이안 황제가 빠르게 평정심을 되찾았다. 그가 흐트러짐 없는 자세로 잔을 부딪친 후 샴페인을 들이켰다.

"그러시다니 다행입니다. 귀국하시면 부디 안부 전해 주십시오."

란데르트 공작이 샴페인을 마시며 이전과 다름없는 미소를 지었다.

그는 얄미울 만큼 여유로웠다. 제 손으로 사지를 절단한 아버지의 안부를 저리도 천연하게 물을 수 있는 건 아마 오직 그만이 할 수 있을 것이다.

그는 그럴 만한 힘을 갖고 있었다.

십여 년 전 휴전 협정을 체결하는 자리에서 그를 처음 대면했을 때도 그러했다. 레녹스 전투에서 아버지가 굴욕적인 패배를 당하기 전까지만 해도 로이안에게 아버지란 최고의 우상이자 대륙에서 가장 용맹하고 강인한 전사였다.

그 모든 것을 무너뜨린 자가 바로 눈앞에 있는 이 사내다. 갑작스레 나타나 전쟁의 양상을 완전히 뒤바꿔 놓은 상대.

당시의 로이안은 그와의 첫 만남에 분노할 새도 없었다. 아버지를 대신해서, 붕괴하고 있는 나라를 살려야만 했기 때문이다.

"…그때 왜 그러셨습니까?"

"무엇이 말입니까?"

로이안 황제의 뜬금없는 물음에 란데르트 공작이 되묻자 돌연 그가 픽 웃었다.

"저를 살려 두신 것 말입니다. 아니, 애초에 아버지와 본국을 남겨 두신 이유가 무엇입니까?"

"…제가 꼭 대답을 해야 합니까?"

"듣고 싶군요."

이제 와 물어봤자 하등 소용없는 질문이지만, 로이안은 란데르트 공작이 왜 그런 결정을 하였는지 늘 궁금했다. 휴전하지 않고 전쟁을 끌고 나갔다면 폴스카 제국 역시 큰 피해를 면하긴 쉽지 않았겠으나, 승리는 장담할 수 있는 상황이었다. 그런 때에 어째서 자신들에게 그런 관용을 베풀었는지가 알고 싶었다.

"폐하께 무례한 답변이 될 수도 있습니다."

"제게 누군가 무례를 범할 수 있다면, 그건 오로지 란데르트 공작만이 가능한 일이겠지요."

"정녕 그리 생각하십니까?"

"예, 하니 답해 보십시오. 그리 말씀하시니 되레 무슨 대답을 하실지 더 기대가 됩니다."

란데르트 공작의 예민한 감각에 오르락내리락하는 기운

들이 느껴졌다. 로이안 황제와 그의 측근들이 피로연에 등장한 순간부터 이어진 것이었다. 겉으로는 평온해 보이지만, 어지간히도 참고 있는 게 보였다. 그들의 기민한 숨소리까지 전부 들려왔다.

굳이 자극을 해서 좋을 건 없겠다만, 이쯤 되니 눌러 줄 필요가 있을 듯하다.

그래야 허튼짓도 삼가게 될 터.

란데르트 공작이 샴페인 잔을 내려놓으며 로이안 황제를 마주 응시했다.

"당시는 전 대륙에서 종전을 염원하던 때입니다. 너무나 많은 이들이 피를 흘리고 죽어 갔으니까요. 휴전 협정은 그에 부합했을 뿐, 다른 뜻은 없습니다. 다만……."

"……?"

"굳이 폐하의 질문에 답을 하자면, 언제든 그리할 수 있었기 때문입니다."

"언제든……?"

"예, 제가 마음만 먹으면 그리 어려운 일은 아니었으니까요."

그러니까 말인즉슨, 드와이어트 제국 정도는 아무 때나 망하게 할 수 있으니 봐주었다는 얘기였다.

"…하핫! 그러셨습니까?"

로이안 황제의 입술이 이상한 각도로 비틀렸다. 억지로 웃으려 하다 보니 나타난 부작용이었다. 술잔을 든 그의 손 또한 미세하게 흔들렸다. 악력이 조금이라도 더 보태지면 유리가 팍하고 깨질 것 같았다.

모욕감을 느낀 건 그만이 아니었다. 뒤쪽에 시립한 채 로이안 황제를 호위하던 자들에게서 엄청난 살기가 폭사되었다. 순식간에 일대의 공기가 팽팽하게 당겨지며 긴장감에 휩싸였다.

말소리까진 들리지 않아도, 둘의 만남을 숨죽이고 지켜보던 이들도 알 수 있을 정도였다. 삽시간에 돌변한 분위기는 흡사 전쟁터를 방불케 했다.

'제법이로군.'

로이안 황제의 호위 중 유난히 키가 큰 장발의 사내가 란데르트 공작의 시선을 끌었다. 좀처럼 보기 드문 기세가 그에게서 느껴졌다. 저 정도 성취면 바라첼 상황의 전성기 때와 비교해도 뒤처지지 않을 만한 수준이었다.

그리고 언제부터였을까.

곳곳에 퍼져 있던 만월 기사단이 란데르트 공작의 후방에 도열했다. 단정하게 차려입은 제복처럼 그들의 몸가짐과 표정은 어느 것 하나 흐트러짐이 없었다. 오직 란데르트 공작의 명만을 기다리는 듯했다.

공작이 장내를 둘러보았다. 뜻밖의 상황에 겁을 집어먹은 이들이 대다수였다.

'어쩔 수 없군.'

감히 본국에서, 심지어 사절단으로 찾아와 이런 행패를 벌이다니. 제국을 지키는 고위 사령관으로서 두고 볼 수 없었다.

란데르트 공작이 잘 보라는 듯 로이안 황제를 겨누어 보며 한쪽 다리로 바닥을 굴렀다.

쿠웅!

쩌어억—

'갑자기 뭘 하는 거지?' 라고 모두가 생각하는 그때였다. 그 한 번의 가벼운 발놀림에 피로연이 열리고 있는 거대한 홀 전체가 지진이라도 난 듯 흔들렸다.

뿐인가. 공작을 중심으로 보이지 않는 어떠한 기운이 사방으로 훅 뻗어 나갔다. 그러자 드와이어트 사신단에서 뿜어낸 살기며 분노가 일시에 걷히며, 한순간에 연회장의 공기가 뒤바뀌었다.

흔들림은 금세 잦아들었다. 란데르트 공작이 발을 찍은 곳에 약간의 금이 가 있을 뿐, 달라진 것은 없었다. 작은 유리 조각 하나 생기지 않았다.

"한 잔 더 하시겠습니까?"

아무도 입을 열지 못했다. 그 누구도 함부로 나서지 못했다. 오로지 란데르트 공작만이 아무 일 없었다는 듯 새로운 잔에 술을 따랐다.

그간 말로만 듣던 신위를 오늘에서야 비로소 목격했다. 자국민은 물론이요, 타국의 사신들까지 이것이 현실인지 허상인지 분간이 안 갈 정도였다. 발 구르기만으로 건물 전체를 무너뜨릴 수 있는 자가 세상에 또 누가 있겠는가?

란데르트 공작이 보여 주려는 바를 모두가 똑똑히 목도하였다. 그 누구도 감히 이곳에서 설칠 수 없으리라는 경고를 하고 있음이다.

란데르트 공작의 진정한 무서움을 많은 이들이 뒤늦게 깨달았다. 훗날 대륙에 퍼져 나갈 공작의 무용담 한 끝자락에 자신들이 있었음을 자랑스러워할 날이 올지도 몰랐다.

"지나간 일에 대해선 더 이상 왈가불가하지 않는 게 좋을 듯합니다. 옛날이야기는 옛날로 끝내는 것이 낫지 않겠습니까?"

란데르트 공작이 채워진 술잔을 로이안 황제에게 건넸다.

"남은 일정 마무리 잘하시고 무사히 돌아가시길 바라겠습니다."

로이안 황제는 아무 말도 하지 않았다. 처음엔 모멸감으로 분노하였다면, 지금은 상대의 무위에 그대로 눌린 상태였다.

몰랐던 것도 아닌데 새삼 주눅이 들었다. 단 한 번의 행위로 자신에게서 전의를 빼앗아 갔다. 지독한 패배감이 그를 짓눌렀다.

"그럼 저는 일이 바빠 먼저 가 보도록 하겠습니다."

란데르트 공작은 끝까지 예를 잊지 않았다. 그가 돌아서자 도열해 있던 만월 기사단이 언제 그랬냐는 듯 흩어져 본래의 자리로 돌아갔다.

즐겁고 흥겨워야 할 결혼식 피로연이 엉망이 되긴 했지만, 두고두고 떠들 만한 얘깃거리가 될 것은 분명했다.

Chapter 2.
화재 진압

1.

바율은 한참 동안 넋을 잃은 채 스피넬을 바라보았다.

이게 다 어찌 된 일인지 영문을 모르겠다. 자신은 그저 정령석에서 나왔다는 보석을 만졌을 뿐이다. 그런데 이상한 기분에 휩싸인 순간, 갑자기 눈 부신 빛과 함께 불기둥이 생겨나며 녀석의 모습이 확 달라졌다.

그리고 난데없이 존칭을 쓰며 자신에게 인사하고 있다. 같은 귀걸이만 아니면 스피넬이라고 전혀 짐작조차 하지 못했을 것이다.

"…스피넬."

—네, 왕이시여. 하문하십시오.

하룻밤도 아니고 한순간에 바뀌어 버린 스피넬의 말투에 영 적응이 안 된다. 그래선지 바율은 재차 확인에 들어갔다.

"정말 네가 스피넬이 맞아? 불의 정령인 건 확실한 것 같은데…… 나는 통 이게 뭐가 뭔지……."

─놀라신 심정 충분히 이해 갑니다. 저는 왕께서 스피넬이라 이름 지어 주신, 불의 정령이 맞습니다.

스피넬이 온화하게 웃으며 대답했다. 모습과 말투는 변했어도 잘 웃는 것 하나는 그대로인 것 같다는 생각이 언뜻 들었다.

─아까 스스로 중급 정령이라고 하던데…… 그건 무슨 뜻이지?

스피넬에게 물은 건 셰임이었다. 땅속에서 쉬고 있던 셰임이 올라온 것은 정령석에 대한 이야기가 나왔을 무렵이었다. 잠자코 사태를 지켜보고 있던 그가 놀란 바율을 대신해서 스피넬에게 질문했다.

─앞으로 우리는 다 성장할 거야. 그 첫 시작이 내가 되었을 뿐이지.

─우리가 전부 성장한다고?

─왜?

이노센트와 템페스타도 끼어들며 물었다. 정령이면서도

정령에 대해 아는 것이 없는 그들인지라 이 상황이 신기하기는 마찬가지였다.

—그야 그렇게 안배가 되어 있으니까.

"…안배?"

—네, 왕이시여. 당신으로 하여금 우리는 성장해 나갈 것입니다.

—어떻게? 나도 귀걸이 찾아야 하는 거야?

—정령석에서 나왔다며. 그럼 정령석만 있으면 되는 건가?

"…그 안배는 누가 한 거지?"

이노센트와 템페스타가 시끄러운 와중에 바율이 다시금 물었다. 그러자 스피넬이 놀라운 답변을 했다.

—전대 정령왕들이십니다.

"전대 정령왕들?"

—네, 왕이시여. 그분들의 힘이 왕께 이어졌습니다.

"무, 무슨 소리야? 내게 무슨 힘이 이어져?"

—전대 정령왕들의 힘 말입니다.

"왜 자꾸 정령왕이 아니라 정령왕 '들' 이래?"

—그야 왕께서 그분들의 힘을 전부 계승하셨으니까요.

스피넬의 차분한 설명에도 바율은 도무지 이해가 안 갔다. 정령사의 기질이 있다고만 알았지, 제가 무슨 힘을 이었단 말인가? 대체 자신이 어떤 경로로 그 힘을 잇는다는 것인지 갑자기 머리가 아파 왔다.

─왕이시여. 지금 대단히 혼란스러우시겠지만, 부디 제 말을 끝까지 들어 주십시오.

"바율 도련님! 바율 도련님!"

그때였다. 건물 밖에서 바율을 미친 듯이 부르는 소리가 불길을 타고 넘어왔다.

"헉!"

바율은 그제야 상황을 파악했다. 건물 전체가 화재로 뒤덮여 있었다. 당연히 밖에서는 난리가 났을 것이다. 이걸 무슨 수로 또 해결한단 말인가.

스피넬에게 불길을 거두라고 시키면 될 테지만, 단숨에 사그라들면 그 또한 이상하게 여길 게 분명하다.

'아아, 진짜 피곤하구나.'

바율은 한숨을 내쉬며 밖을 쳐다보았다. 이미 많은 이들이 발을 동동 구르며 걱정하는 것이 보였다. 개중 이언은 어떻게든 안으로 들어오고자 애를 쓰고 있었다. 하나 천하의 그라 할지라도 정령의 불길을 이겨 내기란 요원할 것이다.

외부에선 불에 가려져 안이 보이지 않겠지만, 스피넬의 영향인지 바율은 모든 것들이 선명하게 눈에 들어왔다.

'데릭 형.'

몰려든 자들 중엔 데릭 형도 있었다. 그는 놀란 얼굴이었지만, 어째선지 가식적이란 느낌을 지울 수가 없었다.

'응?'

이상한 이는 또 있었다. 다들 우왕좌왕 물을 나르며 불을 꺼뜨리기 위해 애를 쓰는 판에 데스 삼 형제는 다 같이 약속이라도 한 듯 팔짱을 낀 채 관망 중이었다.

'왜……?'

그리고 그 순간, 바율은 데스와 눈이 마주쳤다. 그의 까만 눈동자는 마치 이 안이 전부 보인다는 양 불길을 뚫고 정확하게 바율을 쳐다보고 있었다.

2.

"아이구! 아이구! 우리 도련님 어쩌나! 도련님까지 돌아가시면 우리 영주님은 또 어쩌나!"

"염병할! 이놈의 비는 이럴 땐 아무 소용도 없네! 후딱후딱 안 퍼붓고 뭐 하냐!"

"크흐흐흑! 바율 도련님……!"

화재가 일어난 건물 밖은 말 그대로 아수라장이었다. 다 같이 힘을 끌어모아 열심히 불길을 끄려 하고 있지만, 빗줄기가 거센 와중에도 화마는 조금도 사그라지지 않았다.

영주님의 빈자리를 채우고자 대신 와 주신 도련님이었다. 하필이면 그런 귀하신 분이 왔을 때 이런 일이 터질 게 뭐란 말인가. 만에 하나 정말로 잘못되시기라도 하는 날엔 영주님을 뵐 면목이 없었다.

"어흐흐흑!"

"안 됩니다요! 안 돼요!"

여기저기서 흐느끼는 소리가 메아리처럼 울려 퍼졌다.

"헉! 무슨 일이죠?"

그때 사람들 틈바구니에서 바율이 튀어나왔다.

"비가 이렇게 내리는데 웬 불이죠? 누구 다치신 분은 없으십니까?"

"도, 도련님?"

"바, 바율 도련님이시다!"

갑자기 나타난 바율을 발견한 사람들이 너도나도 소리치며 그를 반겼다.

"신이시여! 감사합니다!"

"으아! 도련님 때문에 간 떨어지는 줄 알았습니다!"

"하아, 이제야 살겠네! 살겠어!"

바율의 무사함을 확인한 영지민들이 그제야 안도하며 신께 기도를 올렸다. 그들 전부 진심으로 기뻐하고 있었다.

"도, 도련님! 정말 괜찮으신 겁니까?"

바율이 등장한 건 이언이 에라 모르겠다는 심정으로 불길을 뚫고 건물 안으로 들어가려는 찰나였다. 그는 자신의 몸이 타들어 가는 한이 있더라도 그럴 작정이었다. 바율이 조금만 더 늦었더라면 말이다.

"이언 경이야말로 괜찮으신 겁니까?"

그의 얼굴이며 옷이며 거뭇하지 않은 데가 없었다. 항시 단정한 차림새를 유지하던 이언이거늘, 지금은 빗물과 재가 한데 뒤엉켜 온몸에 보기 흉하게 달라붙어 있었다.

"저야 물론이지요! 어디를 다녀오시는 길입니까? 저는 꼼짝없이 저 안에 갇혀 계신 줄로만 알았습니다!"

멀쩡한 바율을 보자 안심이 되었지만, 아직도 심장이 벌렁거렸다. 이곳에 도착한 지 만 하루도 지나지 않았건만, 자꾸만 큰일이 벌어지니 그의 정신이 다 혼미했다.

"아, 저 그게…… 좀 답답하여 산책을 하고 오는 길입니다."

"산책이요? 이 밤에, 이런 비를 맞으시면서 말입니까?"

이보다 더 어처구니없는 얘기는 들어 본 적 없다는 듯 이언의 얼굴이 일그러졌다. 웬만해서는 표정 변화가 거의 없는 이언이 이렇게 반응한다는 건, 그만큼 바율의 핑계가 빈약하다는 의미였다.

그러나 바율에겐 이것이 최선의 변명이었다.

"죄송해요, 이언 경. 제가 괜한 걱정을 끼쳐 드린 모양입니다."

"걱정 정도가 아닙니다! 제가 얼마나 놀랐는지 아십니까? 저는 진짜……!"

이언은 차마 말을 잇지 못했다. 그 짧은 순간이 그에게는 마치 억겁의 시간 같았다.

"하앗!"

하지만 이제 와서 누구를 탓한단 말인가. 무사히 돌아오셨으면 그걸로 되었다. 모든 건 좀 더 세밀하게 호위하지 못한 자신의 책임이었다. 그에 대해선 주군이 돌아오시는 대로 자백하고 책임을 지면 될 것이다.

"아무튼 무고하시니 다행입니다. 한 가지 부탁드리건대 앞으로는 말없이 함부로 돌아다니지 말아 주십시오. 여긴 해밀턴 성과는 다른 곳입니다."

"네, 이언 경. 그럴게요. 놀라게 해 드려 다시 한번 죄송합니다."

"아닙니다. 이번만큼은 밖에 계셔서 얼마나 다행인지 모릅니다. 오히려 제가 감사해야지요. 덕분에 한숨 돌렸습니다."

안도하는 이언에게 미안함을 내색하며 바율이 정령들에

게 부탁했다.

'얘들아, 이제 불 끄는 것 좀 빨리 도와줘!'

이러다 광부들이 밤새 화재와 싸울 기세였다. 갱도 사고와 지진의 여파로 안 그래도 피곤한 그들에게 이런 일까지 겪게 하다니, 미안해서 죽을 것 같았다.

—이쯤이야 별것도 아니지!

—야, 나만 따라와!

이노센트와 템페스타가 동시에 하늘로 붕 치솟았다. 그러더니 웬일로 합심해서 일대에 폭풍우를 쏟아부었다.

촤아아악!

갑작스러운 폭풍우에 다들 순간 당황하며 겁을 집어먹었지만, 불길이 가라앉는 걸 보고 반색하며 이내 환호성을 질렀다.

'스피넬, 불이 번지지 않도록 해 줘.'

—네, 왕이시여. 명대로 하겠습니다.

작금의 불은 스피넬이 중급 정령으로 성장하면서 어쩔 수 없이 일어난 사고였다. 그런 만큼 그녀는 책임감을 갖고 바율이 원하는 대로, 사람들이 이상하게 여기지 않을 정도로 천천히 화마를 진정시켰다.

"바율!"

"바율 도련님!"

데릭 형과 후안 사제가 뒤늦게 바율을 향해 헐레벌떡 뛰어왔다.

"이게 다 무슨 일이랍니까! 허이구, 이렇게 무사하셔서 천만다행이십니다! 제가 얼마나 놀랐는지 아십니까? 십년 감수했습니다!"

바율의 어린 시절부터 그의 건강을 책임져 온 후안 사제였다. 그렇기에 그에겐 바율이 각별할 수밖에 없었다. 그가 바율의 안전을 확인하고는 다리가 풀린 듯 맨바닥에 풀썩 주저앉았다.

"사제님!"

놀란 바율이 부축하려 했지만, 그가 되었다는 듯 바율의 손길을 약하게 뿌리쳤다.

"아니요, 그냥 이대로 좀 앉아 있겠습니다. 그래야 진정이 빠를 것 같아서요. 이제야 발딱거리던 가슴이 좀 누그러지는 것 같습니다."

"아, 네……."

이쯤 되니 바율은 모두에게 미안해서 몸 둘 바를 모를 지경이었다. 불의 정령인 스피넬이 각성을 했을 뿐인데, 쓸데없는 오해를 불러일으키며 걱정만 끼치고 있지 않은가. 해명할 수 없는 현실이 안타까울 뿐이었다.

"바율, 너 진짜 괜찮은 것이냐?"

"네, 데릭 형. 저도 산책을 나갔다가 불길이 치솟은 걸 보고 놀라서 오는 길입니다. 데릭 형님이야말로 피해 없으십니까?"

"나야 당연히 괜찮지. 네 숙소와 한참이나 떨어져 있지 않았느냐. 이런 빗속에서 어떻게 저리 큰불이 난 건지, 알다가도 모를 일이다."

습기로 가득한 도시에 불이 날 확률이 얼마나 될까. 누구라도 의아하게 생각할 일이었다.

바율은 급한 마음에 빠르게 둘러댔다.

"제 사견이지만, 아까의 지진으로 용암이 터졌을 때 불씨가 어딘가에 튀었던 게 아닐까 싶습니다."

"아! 그럴 수도 있겠구나. 지진이 나면서 용암이 올라왔다고 했지. 내가 미처 그 생각을 못 했다."

"진즉 그 불씨를 잡았어야 했는데, 이참에 제대로 광산을 살펴봐야겠습니다."

"…그러냐?"

"네, 조사할 것들이 자꾸만 늘어나네요."

데릭의 속마음이 어떤지 전혀 알지 못한다는 듯 바율이 말을 이었다.

"그보다 갱도에 갇혔던 인부들의 상태는 어떻습니까? 경황이 없어 묻지도 못했습니다."

직접 인부들을 살피러 가는 도중 데릭을 만났다가 스피넬의 방해(?)로 이 사태로까지 번졌다. 새삼 하루가 참 길다는 생각이 들었다.

"이 와중에 인부들까지 염려하시다니, 바율 도련님의 마음 씀씀이에 또 한 번 탄복합니다! 그 멀리서 약초를 손수 가져오셨을 때부터 제가 딱 눈치챘지요. 역시 란데르트 공작 전하의 아드님이십니다!"

후안 사제가 자리에서 일어나더니 대뜸 칭찬을 쏟아 냈다. 그러잖아도 이것저것 연기를 하느라 낯간지러운 바율에게 그의 말은 어딘가로 숨고 싶은 충동을 일으켰다.

"인부들이라면 걱정하지 마십시오. 시간은 좀 더 필요하겠지만, 모두들 고비는 잘 넘겼습니다. 더 이상 목숨이 위태로운 자들은 없답니다."

"역시 후안 사제님이시네요! 정말 수고 많으셨습니다. 감사드려요."

"제가 한 일이 뭐가 있다고 그러십니까? 이게 다 바율 도련님의 빠른 일 처리 덕분이 아닙니까. 도련님께서 하신 일 전부 들었습니다."

"천운이 좀 따른 것뿐입니다. 전부 무사해서 정말 다행이에요."

"천운 또한 도련님이 불러오신 행운이 아니겠습니까? 저는 그렇게 생각할 수밖에 없습니다."

"그래도 후안 사제님의 신성력이 아니었으면 그들이 살수나 있었겠습니까? 이런 험한 곳까지 와 고생하시는 사제님의 공, 잊지 않겠습니다."

바율과 후안 사제가 덕분이라며 서로를 치하하는데, 데릭이 중간에 불쑥 끼어들었다.

'응?'

그런데 기분 탓일까. 그의 말투가 꼭 자신을 배제하는 것 같아서 바율은 묘한 기분이 들었다.

"와아! 불길이 잠잠해졌어!"

"비야, 고맙다! 오늘처럼 네가 고맙긴 처음이구나!"

어느새 불길이 눈에 띌 정도로 약해졌다. 모든 게 정령들의 총공세 덕이었지만, 그것을 전혀 알 리 없는 사람들은 빗줄기에 감사해하며 남은 불씨를 꺼뜨리기 위해 부지런히 움직였다.

폭풍우를 만드느라 힘을 꽤 쓴다 했더니, 이노센트와 템페스타의 기운이 점점 약해지는 게 느껴졌다. 반면 중급 정령이 된 스피넬은 멀쩡했다. 세임은 회복하고 있었지만, 완전히 돌아오지는 못하고 있었다.

'귀걸이로 변해 버린 정령석. 거기에서 해답을 찾아야 해.'

"바율 도련님의 처소를 다른 쪽에 마련해 두었습니다. 그만 쉬시는 것이 좋을 듯하온데……."

꺼져 가는 불길을 보며 바율이 잠시 상념에 빠진 사이 광산의 책임자인 벨고프스키가 조심스레 다가와 말을 건넸다. 지은 죄가 있기에 불이 난 것이 꼭 자신의 잘못인 것만 같아서 고개를 들 수가 없었다.

"그러는 게 좋겠구나. 여긴 내가 마무리할 터이니 들어가서 쉬거라."

"제가 가서 몸도 좀 살필 겸 그러시는 게 나을 듯합니다."

데릭과 후안 사제가 벨고프스키의 말을 거들었다. 마침 바율 역시 중간에 끊기고 만 스피넬과의 대화가 시급한 상황이기에 거절하지 않았다.

"네, 그럴게요. 하지만 딱히 몸 상태를 살필 필요는 없습니다. 보시다시피 괜찮거든요. 후안 사제님께선 인부들에게 집중해 주세요. 저는 여기 오느라 모자랐던 잠을 좀 보충해야겠습니다."

"아아, 그러고 보니 와서 한시도 쉬지 않으셨죠! 어서 가 보십시오! 제가 필요하시다면 언제든 달려가겠습니다!"

"네, 사제님. 그럼 저 먼저 가 볼게요."

후안 사제와 데릭에게 가볍게 인사한 후 바율은 벨고프

스키가 안내하는 대로 새로운 거처로 향했다.

"조용한 곳을 선호하실 듯하여 일부러 광산에서 좀 떨어진 쪽으로 마련하였습니다."

"고맙습니다."

"저는 옆방에 있을 터이니 무슨 일 생기면 불러주십시오."

이언은 당장 씻는 게 시급했다. 그와 벨고프스키가 나가자 바율은 마침내 기다렸던 혼자만의 시간을 가질 수 있었다. 새로운 방은 이전에 비하면 한참 작았지만 있을 것은 다 있었다. 벽난로에 불을 붙일 새가 없었는지 으슬으슬한 것만 빼면 아늑한 분위기였다.

화락!

오랫동안 빈집이었던 듯 벽난로엔 장작 하나 없었다. 그런 곳에 별안간 불길이 화락 치솟았지만 바율은 더 이상 놀라지 않았다. 누구의 솜씨인지는 굳이 물을 필요도 없었다.

"고마워, 스피넬."

―감사합니다, 왕이시여.

"템페스타와 이노센트도 수고했어. 다들 좀 쉬어."

―하암, 물의 정원에 가고 싶다.

―좀 피곤하긴 하네.

두 녀석이 투덜거리며 각각 침대와 소파로 내려앉았다.

똑똑.

"데스입니다."

손님이 찾아온 것은 그때였다. 데스가 마른 장작을 한 아름 든 채 문을 열고 들어왔다.

"벨고 어쩌고 하는 자가 가져다주라더군요."

"아, 그래요?"

하지만 이미 벽난로엔 불이 붙어 있었다. 장작이 없는데도 저리 활활 타고 있는 것을 보면 필시 이상하게 여길 것이다. 해서 바율이 데스의 시야를 차단하고자 은근슬쩍 몸을 트는데, 돌연 스피넬이 그 앞을 가로막았다.

―왕이시여, 물러나십시오.

'스, 스피넬?'

갑작스러운 스피넬의 태도에 바율은 멈칫할 수밖에 없었다. 그녀가 또 왜 이러는지, 또 어떤 말로 자신을 놀라게 할지 짐작도 안 갔다.

―이자는 인간이 아닙니다.

'응?'

―이 세계에 있어서는 안 되는 자가 어찌……!

'그게 무슨 말이야? 이 세계에 있어서는 안 되는 자라니?'

―마족입니다.

'…마족?'

파아앗!

다시금 스피넬에게서 불길이 솟구쳤다. 마치 데스에게서 바율을 보호하려는 듯 그녀가 불로 방어막을 만들었다.

'스피넬, 진정해! 이러다 또 큰일 나겠어! 데스가 마족이라니, 그럴 리가 없잖아!'

바율이 말렸지만 소용없었다. 데스를 향한 스피넬의 두 눈이 불꽃으로 타올랐다.

"이런, 이런. 이러다 건물 하나 또 태워 먹겠네."

데스가 고개를 저으며 끌끌 혀를 찼다. 별안간에 나타난 불길 앞에서도 그는 전혀 겁먹은 기색이 아니었다. 오히려 피식 웃고 있었다.

Chapter 3.
데스의 정체

1.

"이건 이제 필요 없는 거지?"

데스가 혼잣말하듯 묻더니 손에 든 장작을 뒤로 훅 집어 던졌다.

"데, 데스!"

깜짝 놀란 바율이 뒤늦게 말리려 했지만, 그보다 더 놀라운 건 그다음이었다. 분명히 소리를 내며 바닥으로 떨어졌어야 할 장작이 한 줌 먼지처럼 사라졌기 때문이다.

내가 지금 뭘 본 거지?

바로 코앞에서 보고서도 바율은 작금의 상황이 이해가 가질 않았다. 인간이 뭘 어떻게 하면 저런 마법을 펼칠 수 있단 말인가?

"…마법사였나요?"

스피넬이 마족이라고 말을 했음에도 불구하고, 도무지 믿을 수가 없기에 바율은 방금 데스가 보인 괴이한 장면을 마법과 연결 지었다.

"마법사라…… 뭐 그렇게 볼 수도 있겠네."

데스가 천천히 바율을 향해 다가왔다.

불길을 조심하란 말을 하고 싶었다.

하지만 왜였을까. 그의 당당한 태도 때문인지, 아니면 조금 전에 본 마법 때문인지 바율은 쉬이 입술이 벌어지지가 않았다. 그저 멍하니 그가 다가오는 모습을 지켜보기만 했다.

—물러나라! 그 이상 가까이 오면 가만있지 않을 것이다!

"가만히 안 있으면 뭘 어쩔 건데?"

스피넬의 노기를 비웃기라도 하듯 데스가 불의 벽 바로 앞까지 다가갔다. 그러곤 손으로 찬찬히 그 불길을 어루만졌다.

"흐음, 제법 뜨겁긴 하네."

인간의 손이 불에 닿으면 타거나 녹는 것이 정상이었다. 한데 그의 손에선 기이한 검은 연기만이 피어올랐다.

"하지만 못 견딜 정도는 아니야."

데스가 불의 장벽 안으로 한 걸음 성큼 들어왔다. 그 가벼운 동작에 스피넬이 신음을 뱉으며 휘청거렸다.

"스, 스피넬! 괜찮아?"

얼이 나간 채 보고만 있던 바율이 그때서야 정신을 차리고 그녀를 붙들었다. 그리고 혹시나 하는 사태를 막고자 스피넬의 앞, 정확히는 다가오는 데스를 정면으로 마주했다.

"…사, 사실인가요?"

이전에는 왜 몰랐을까. 바율은 이렇게 묻고 있는 자신이 순간 정녕 바보 같았다.

이제야 느껴진다. 그저 가끔 특이하다 여겼던 그에게서 엄청난 압박감이 흘러나왔다.

인간이 아니라고 했다.

이 세계에 있어서는 안 되는 존재.

마족.

정령의 힘을 아무렇지도 않게 튕겨 내며 걸어오는 데스는 확실히 평범함과는 거리가 멀었다. 그 순간, 이런 건 마법사도 할 수 없을 거란 묘한 확신이 바율을 사로잡았다.

"뭐가 말이지?"

데스의 늘어진 앞머리 뒤에서 까만 눈동자가 차갑게 번뜩였다. 그가 입꼬리를 올린 채 바율 앞에 와 섰다.

"아까도 날 본 거 맞죠?"

바율은 데스의 물음에 답을 하는 대신 새로운 질문을 던졌다.

타오르던 건물 안에서 그와 눈이 마주쳤었다. 그게 자신의 착각이 아니었다는 게 지금에서야 증명되었다.

─왕이시여, 물러나십시오. 이자는 위험합니다.

스피넬이 다시금 데스를 향해 불꽃을 쐈다. 하나 그 불꽃은 장작이 그러했듯이 보이지 않는 뭔가에 가로막혀 공중에서 산산이 분해되었다.

"날 자극해서 좋을 게 없을 텐데."

데스가 스피넬을 향해 살기를 뿜어내자 그녀가 뒤로 주룩 밀려났다. 그의 눈에 정령이 보이는 것도 놀라웠지만, 정령에게 물리적인 충격을 줄 수 있다는 사실에 바율은 경악스러웠다.

"멈춰요, 데스!"

그가 정말 마족이라면 어떤 짓을 벌일지 짐작하기도 어려웠다. 바율이 질겁하며 소리쳤다.

"날 먼저 공격한 건 저쪽이야."

"스피넬은 날 보호하려고 하는 것뿐이에요."

"보호? 내가 언제 널 공격이라도 했던가?"

"…그건 아니지만……."

"난 겁도 준 적 없는데 말이야. 하지만 뭐, 정 그렇게 말한다면 잠시 보류하지."

데스는 생각 외로 별다른 미련 없이 스피넬에게서 관심을 돌렸다.

"나 괜찮아. 다들 걱정하지 마."

스피넬이 당하는 것을 본 정령들이 그제야 놀란 듯 모여들었다. 그들 역시 바율을 보호하듯 그의 주변을 에워쌌다.

―이제 보니 아주 나쁜 인간이었구나!

―인간이 아니라잖아, 멍청아!

―아 참, 마족이라고 했지? 어쩐지 생긴 것부터가 수상했어!

―까만 게 음침하게 생기긴 했지.

―시끄러우니까 둘 다 그 입 좀 닥쳐!

스피넬의 거친 발언에 이노센트와 템페스타의 이마에 동시에 힘줄이 돋았지만, 지금은 그런 걸 따질 겨를이 아니었다. 두 녀석 역시 똑같이 느꼈기 때문이다. 데스가 힘을 개방하자 결코 무시할 수 없는 강한 기운이 전해졌다.

"이렇게 빨리 들킬 줄은 몰랐는데 의외야. 가장 마지막에 등장한 불의 정령이 제일 먼저 성장한 것도 놀랍고. 아주 재밌어."

"…처음부터 알고 접근했던 겁니까?"

"뭘 알아? 아, 정령 말인가?"

"그래요. 정령을 볼 수 있으면서 이제껏 왜 한 번도 티를 안 낸 거죠?"

"내가 왜 그랬어야 하지?"

바율이 따지듯 묻자 데스가 되레 어이없다는 듯 반문했다.

"난 그냥 호기심이 생겼을 뿐이야. 멸망한 정령이 다시 나타난 게 신기했거든. 그러다 먹을 것에 꽂힌 게 문제였지만."

"…뭐에 꽂혀요?"

진지한 대화 중에 난데없이 먹는 얘기가 나오자 바율은 바로 이해가 가지 않았다. 그가 인상을 쓰며 되묻자 데스가 목 뒤를 긁적였다.

"리타 음식이 좀 맛있어야지. 난 조용히 먹기만 했을 뿐이야. 그 대가로 청소도 열심히 하는 중이잖아?"

"뭐, 뭐라고요?"

그의 해명 아닌 해명을 듣고 있자니 바율은 어처구니가 없었다. 그러니까, 여태 리타의 음식에 꽂혀서 정체를 숨기고 곁에 있었다는 소리였다. 그게 정녕 이유가 될 수 있단 말인가?

"잠깐만요!"

그러다 퍼뜩 그의 동생들이 떠올랐다.

"설마…… 바르와 아몬도…… 그런 겁니까?"

차마 '마족' 이란 말이 입에서 나오지가 않았다. 유난히 먹성 좋은 그들 형제의 모습이 뇌리를 스친다.

"나도 위치라는 게 있어서 말이야. 마침 하인을 구한다 길래 바르가 요리를 배우면 되겠다 싶었지. 그 자식이 내 담당 요리사거든. 아몬은 나 대신 청소 좀 시키려고 데리고 온 거고."

"하핫……."

사람이 지나치게 황당하면 웃음이 나올 때가 있다. 지금 바율이 그러했다. 눈앞에 무시무시한 마족을 두고서도 너무 기가 찬 나머지 겁이라는 게 사라졌다.

먹을 것 때문에 마족이 인간 행세를 하며 하인으로 취직을 하였다. 이걸 대체 어느 누가 믿을 수 있겠느냐 말이다.

그들 형제가 청소를 끝내주게 잘한다며 칭찬하던 성내 하인들의 모습이 생각나자 다시 한번 기가 막혔다. 무슨 방법으로 청소를 했는지 추측이 가니 딱히 더 대꾸할 말도 떠오르지 않았다.

"끝으로 한마디만 보태자면 난 누구도 해칠 생각이 없어. 그러니 오해하지 않았으면 좋겠군."

"그렇게 말씀하시는 분이 조금 전 스피넬에겐 무얼 하신 거죠?"

"감히 내게 불꽃을 쏜 대가지. 이 정도면 엄청나게 참은 건데?"

그의 세계에선 상상도 할 수 없는 일이었다. 눈만 잘못 마주쳐도 죄를 물어야 하는 곳. 그런 세상에서 총사령관으로 군림하는 자가 바로 데스였다.

"…가세요."

"뭐?"

"그만 가시라고요. 여긴 당신이 있을 곳이 아닙니다."

"그건 네가 아니라 내가 결정할 문제인 것 같은데?"

"정말 그렇게 생각하십니까?"

"난 주로 명령을 받는 편이 아니라 내리는 쪽이라서."

"그럼 해고라고 해 두죠."

"뭐라고?"

그런 말은 평생 살면서 들어 본 적이 없다는 듯 데스의 고개가 갸웃했다.

"해고란 말의 뜻을 모르십니까? 그쪽 세계에는 없는 표현인가요?"

바율은 친히 풀어서 설명했다.

"나는 당신을 하인으로 고용한 고용주입니다. 고용주는 고용인이 일을 하기에 부적합하다고 판단될 시 언제든지 자를 수 있는 권리가 있지요. 그걸 바로 해고라고 하는 겁니다. 이제 이해가 되십니까?"

"…더 이상 내가 하인이 아니라는 뜻인가?"

"네, 그러니 더는 제 곁에 있을 수 없다는 말입니다."

"…리타의 음식도 못 먹고?"

"당연히 그리될 테지요?"

"……!"

이보다 더 충격적인 말은 들어 본 적 없다는 듯 데스의 얼굴이 구겨졌다. 시종일관 여유롭고 자신감 넘치던 그가, 조금 과장하면 망연자실 넋이 나간 꼴이 되었다. 그 순간만 큼은 도무지 마족이라고 믿기 힘들 정도였다.

그렇게 시간이 얼마나 흘렀을까.

바율은 바율대로 긴장한 채 데스를 주시하고 있었다. 이제 라도 상대의 정체를 알았으니 마음을 졸이지 않을 수 없었다.

"그렇게는 안 되겠어."

갑자기 데스가 불쑥 내뱉었다. 그가 이전과는 전혀 다른 눈빛으로 바율을 쏘아보며 말했다.

"하인으로 있으면서 시키는 건 뭐든 다 했는데, 이렇게 단칼에 잘라 버리면 내가 너무 억울하잖아?"

"신분을 속인 건 그쪽이 먼저예요."

"날 네 집에 데려간 건 네가 먼저였거든?"

"내가 당신을 데려갔다고요? 하인으로 면접을 보러 온

건 데스 당신이에요. 우길 걸 우기셔야죠."

바율은 분명하게 기억하고 있었다. 지원자가 많다던 리타의 말을 듣고 면접 장소에 갔건만, 면접을 보겠다며 자리를 지키고 있는 건 달랑 그 혼자뿐이었다.

그러고 보니 그 점도 이상했는데, 이제야 알 것 같다. 데스가 수를 썼던 것이다. 경쟁자가 없어야 본인이 취직을 할 수 있을 테니까.

다시 생각해도 어이없는 일이었다.

'그때 리타 말을 들었어야 했어.'

딱 봐도 하인 인상이 아니라며 뽑지 말자던 리타를 설득한 건 바로 본인이었다. 리타가 사람 볼 줄 아는 능력이 있다는 걸 이렇게 깨닫게 될 줄이야. 맘이 약해져 그를 고용한 그때가 정녕 후회스러웠다.

"벌써 잊었나? 멋대로 블랙이란 이름까지 지어 주어 놓고?"

"…블랙이요?"

여기서 블랙은 왜 또 튀어나오는 것인가?

"그래, 그게 바로 나였거든. 잠깐 녀석의 몸을 빌려서 널 관찰 중이었는데, 하인을 구한다기에 한번 도전해 봤지. 날 뽑아 준 것도 너였지, 아마?"

"…당신이 블랙이었다고요? 어떻게 그런 말도 안 되는 일이……."

그러나 돌이켜 생각해 보면 이야기가 딱딱 들어맞는다. 데스가 나타나고서부터 블랙을 보기 힘들어졌고, 어느 순간부터는 아예 볼 수조차 없었다.

　"블랙의 원래 이름은 베네눔이야. 내가 키우는 애완견이지."

　그것은 즉, 블랙 또한 마계 생명체라는 뜻이었다.

　"누누이 말하지만 모든 시작은 너였어. 네가 내 신전에 와서 그런 난리를 피우지만 않았어도 내가 여기에 올 일은 없었을 거야."

　"내가 무슨 난리를 피웠다는 거죠? 난 그런 적이⋯⋯!"

　대답을 하다 보니 떠오르는 기억이 하나 있었다.

　"신전⋯⋯? 지금 당신의 신전이라고 했나요?"

　"그래. 내 신전에 와서 네가 온갖 정령들을 소환했지."

　그런 장소라면 딱 한 군데뿐이었다.

　"⋯당신, 정체가 뭡니까?"

　"내 이름을 묻는 건가?"

　바율은 답하지 않았다. 그저 떨리는 눈으로 데스를 바라보기만 했다. 잘 들으라는 듯 그의 입이 천천히 벌어졌다.

　"데스페라티오. 그게 나다."

2.

"데, 데스페라티오……!"

바율은 또 한 번 기함했다. 그냥 어쩌다가 얻어걸린(?) 마족이겠거니 했다. 가끔 인간 세상에 할 일 없이 놀러 오는 마족도 있다 하질 않던가.

그런데 뭐라고? 데스페라티오?

내가 제대로 들은 게 맞는 건가?

청력에 이상이라도 생긴 건가?

상대는 평범한 마족이 아니었다. 무려 '마신'이었다.

아카데미 내에 위치한 절망의 신전의 주인이자 마계 계승 서열 9위의 최고위 마족. 기억하기로 그는 마황의 군대를 이끄는 총사령관이라고도 했던 것 같다.

'그런 자가 내 집에 하인으로 들어와 청소를 했단 말이야? 진짜로?'

너무 어이가 없다 보니 다행인지 불행인지 두려움이 별로 들지 않았다. 충분히 위협적인 자태였지만, 그가 자신을 해치지 않을 거란 이상한 믿음이 들었다.

"나를 잘 아는 눈빛이네? 내 성서도 하나 갖고 있던데, 읽어는 보았나?"

'아, 친화력!'

그러고 보니 절망의 신과 엄청난 친화력이 느껴진다며 바그너 사제님께서 성서를 한 권 주셨었다. 신도가 아닌 자신이 고위 사제보다도 더한 친화력을 갖고 있어 사제님이 몹시 놀라셨던 것이 기억난다. 당시엔 영문을 몰랐는데, 이제는 왠지 알 것 같다.

"…당신 짓이었군요."

"내 짓? 무슨 짓?"

"내게 당신과의 친화력이 있다고 하더군요. 난 신도도 아닌데 말입니다."

"아아, 그거?"

데스가 당연한 걸 왜 모르냐는 듯 말했다.

"그야 자주 붙어 있었으니까 그렇지. 너에 대한 나의 호감도도 높은 편이고."

"…내게 호감이 있다고요?"

"말했잖아. 오랜만에 정령을 봐서 신기했다니까? 반갑기도 했고. 이제는 먹는 게 더 중요해지긴 했지만. 아, 갑자기 배고파지네. 여긴 먹을 게 너무 없어. 성에는 언제 돌아갈 거야?"

"…오랜만이라는 건 옛날에도 정령을 본 적이 있다는 건가요?"

"당연하지. 내 나이가 몇 갠데."

무시라도 당했다 여겼는지 데스가 와락 인상을 찌푸렸다.

"그리고 그 친화력이라는 건, 네게 도움이 되면 되었지 해를 끼칠 일은 없을 거야. 특히 마력을 쓰는 놈들에게는 그 자체로 경고가 될 수 있지. 내가 마계에서는 좀 먹어 주는 편이라."

감사하다는 말을 들어도 부족할 판에 불쾌한 기색을 내보이다니, 평소 성질 같아선 벌써 손이 나가고도 남았다.

'하지만 참아야지.'

지금은 일단 해고를 면하는 것이 더 급했다.

"마력이라면 마족과 계약을 맺은 자들의 힘을 말하는 겁니까?"

"잘 아는군. 정확하게는 마족의 힘을 빌려 쓰는 자들이지. 이제 나와의 친화력이 얼마나 굉장한 건지 알겠나? 그러면 아까 일은 없던 것으로 했으면 좋겠는데."

"정령에 대해 아시는 것이 더 있습니까?"

답은 않고 계속 말을 돌리는 바율이 못마땅했지만 데스는 우선 맞춰 주기로 했다.

"…있으면?"

"혹시 말씀해 주실 수 있을까요?"

"정령에 대한 아무 얘기나 말이지?"

"네."

"그럼 해고한 거 취소할 거야?"

"…그렇게까지 하인이 하고 싶으십니까?"

"어! 계속 하인으로 있게만 해 주면 네가 묻는 말에 전부 솔직하게 답해 줄게."

"뭐든지요?"

"단, 내가 아는 한에서."

어때? 이만하면 괜찮은 거래잖아?

데스가 두근두근하며 바율의 입술만 쳐다보았다. 어서 저 입이 움직여서 자신이 원하는 답을 말해 주길 바랐다.

하지만 기대와 달리 변한 것은 없었다.

"그건 안 될 것 같습니다."

"아 씨, 왜 안 되는데?"

"마족과, 그것도 그냥 마족도 아니고 무려 마신과 함께 살 수는 없습니다."

"여태 잘만 살았으면서 뭔 개소리야?"

짜증이 솟구쳤는지 데스의 말투가 거칠어졌다.

"이렇게 나오면 나 진짜 억울하거든? 내가 청소를 얼마나 열심히 했는데! 그런 청소는 아무나 할 수 있는 줄 알아?"

"당연히 아무나 못 하겠죠. 마력으로 했을 테니까."

"……."

그러니 티끌 하나도 발견하지 못했던 것이고. 뺀질거리며 놀다가도 리타가 잔소리만 할라치면 귀신같이 알고 청소를 해 대는 통에 자르지도 못하고 여기까지 온 것이었다.

"다시 한번 말씀드리지만, 돌아가 주십시오. 유희라면 다른 곳으로 알아봐 주세요."

그간의 그들의 노력이 고맙지 않은 것은 아니었다. 일전에 어머니의 초상화를 찾아준 일도 그렇고, 여러 면에서 도움이 되었던 것은 맞는 사실이다.

그래서 바율도 이렇게 말할 수밖에 없는 처지가 미안하기도 했다.

'하지만 마족과의 한집 살림이라니……..'

이건 정말이지 말도 안 되는 일이었다. 만일 이 모든 걸 아버지께서 아시게 되면 걱정은 물론, 데스를 가만히 두지도 않으실 거다.

아버지와 데스.

싸우면 누가 이길까?

데스가 마신이라는 걸 알고 있으면서도, 팔은 안으로 굽는다는 진리 때문인지 바율은 아버지의 승리를 예상했다. 아버지가 누군가에게 지는 모습은 왠지 상상이 안 갔다.

"뭐? 유희? 내가 여기 유희 온 거 같아?"

"아닙니까?"

리타의 음식에 빠져 하인으로 취직했다고 말한 건 데스 본인이었다.

"당연하지! 먹는 게 장난이야? 먹는 게 얼마나 신성한 일인데, 어떻게 유희라는 막말을 갖다 붙일 수가 있지?"

"…네?"

"내게 한 끼 한 끼가 얼마나 소중한지 네가 알기는 해? 맨날 리타가 해 주는 음식을 먹다 보니 그냥 그런가 보지?"

데스는 진심으로 화가 난 것 같았다. 먹는 행위에 뭘 그렇게 의미를 부여하는지 모르겠으나, 그의 일관적인 태도에 바율은 그저 놀랍기만 했다.

"형님! 데스 형님! 여기 계십니까?"

밖에서 바르의 음성이 들린 것은 그때였다. 그가 아주 조심스럽게 문을 열더니 빼꼼히 얼굴을 내밀었다.

"야, 들켰으니까 그냥 와."

"…예?"

둔한 바르가 한 번에 알아듣지 못한 반면, 아몬은 데스의 말을 바로 이해하고 먼저 성큼성큼 방으로 들어왔다.

눈먼 정원사와 외팔이 요리사.

'나도 참 바보 같았구나.'

이상해도 한참 이상한 조합인데, 그걸 깨닫지 못하고 본성에까지 데리고 왔다. 누굴 탓할 수도 없었다. 이들을 뽑은 것 역시 바율이었다.

"어쩌다가 걸리신 겁니까?"

아몬의 물음에 데스가 스피넬을 턱으로 가리켰다.

"쟤가 날 알아보네."

"오, 성장하더니 알아보기도 하는군요?"

보아하니 아몬에게도 정령들이 보이는 모양이었다. 아니, 느껴지는 모양이었다. 그는 여전히 눈을 감은 상태였다.

"근데 문제가 생겼어."

"말씀하십시오."

"우리 그만두래."

"…그게 무슨 뜻입니까?"

"해고당했다고. 해고 몰라? 고용주가 고용인이 마음에 들지 않으면 언제라도 자를 수 있는 거. 그게 바로 해고야."

"아, 그렇군요."

아몬은 진심으로 몰랐다는 듯 고개까지 끄덕였다. 그의 차분한 반응과는 달리 바르가 얼굴이 사색이 돼서는 결사반대를 외쳤다.

"아니요! 그건 절대 안 됩니다! 그럼 전 죽은 목숨이라고요! 한쪽 팔은 지키게 해 주십시오!"

"하, 한쪽 팔이라니요?"

바르의 절규에 바율은 당황했다.

"설마 그 팔……?"

"음식이 맛없다고 한마디 했더니 대들잖아. 내가 위아래 없는 건 질색이라."

너무도 아무렇지도 않게 답변하는 데스를 보고 있자니 바율은 괴이한 감정에 휩싸였다. 몇 달이란 시간을 같이 보낸 데스인데, 정체를 알고 나자 완전히 다르게 보였다.

원래 이러했던 것을 내가 발견하지 못했던 것인가?

"들으셨죠? 우리 형님이 저렇게 무식, 아니 무서운 분이십니다. 저, 리타 스승님에게 아직 요리 더 배우고 싶어요. 남은 팔도 잘리면 큰일 난단 말입니다!"

"바르, 미안하지만……."

"협상을 하는 게 어때?"

바율의 말을 끊으며 데스가 끼어들었다.

"정령에 대해 말해 주겠다, 뭐 이런 거라면 됐습니다. 그건 제 손으로 직접 알아내겠습니다."

"그거 아닌데?"

"…그럼 뭐죠?"

"그에 더해서, 더 큰 걸 해 줄 참이야."

데스의 입꼬리가 사악하게 말려 올라갔다. 상대는 마족

이었다. 어떤 거짓말로 자신을 꾈지 모른다. 정신 바짝 차려야 했다.

"정령석 찾는 중이지?"

"……!"

"뭘 그렇게 놀라? 그거 아는 게 뭐 대단한 일이라고."

"정령석이 어디에 있는지 아신다는 겁니까?"

"아니, 그건 아니야."

"그럼 그 말은 왜 꺼낸 거죠?"

"같이 찾아 주겠다는 거지. 손이야 많으면 많을수록 좋은 거 아니겠어?"

바율의 정곡을 콕 찔렀다. 맞다. 바율은 정령석부터 찾아야 했다. 아직은 추론일 뿐이지만 정령석은 날씨와도 영향이 깊고, 스피넬의 성장 배경에도 한몫했기 때문이다.

"…괜찮습니다. 마음만 받지요."

그의 제안에 혹하지 않았다면 거짓말일 것이다. 하지만 아무리 급해도 마족과 함께하는 건 아니었다. 마족과 결탁해서 좋은 일이 생겼다는 얘기는 여태 들어 본 적이 없었다.

"너 진짜 힘들 거라니까? 숨겨진 물건 찾는 걸로 따지면 바르만큼 잘하는 녀석이 없어!"

"네, 저만 믿으시면 됩니다! 제 특기가 바로 그런 거거든요!"

바르가 열렬하게 고개를 끄덕였지만, 바율은 마음을 바꿀 생각이 전혀 없었다.

"죄송합니다만, 저와 정령들만으로도 충분합니다. 하니 세 분은 그만 돌아가 주세요."

"으아아! 안 된다니까요! 전 그냥 못 돌아갑니다!"

"아 나, 진짜 답답해 죽겠군!"

데스의 표정이 급격하게 사나워졌다. 순식간에 실내 공기가 서늘해지며 그의 까만 눈동자에 언뜻 붉은빛이 일렁거렸다.

"사령관님."

아몬이 재빨리 데스의 앞을 막아섰다.

"왜!"

"제가 설득해 보겠습니다."

그러니 가만히 기운을 가라앉히고 계십시오. 지금은 경거망동하실 때가 아닙니다. 차분히 생각이라는 걸 해 보십시오.

이심전심이라고 했던가. 아몬의 설득에 데스가 물러섰다.

"바율 도련님."

"말씀하세요."

"혹시 공생 관계라고 들어 보셨습니까?"

"공생…… 이요?"

"네."

아몬이 마저 이어 설명했다.

"제가 아는 바로는 도련님께선 지금 정령에 대한 지식이 현저하게 부족하십니다. 정령석을 찾는 일 또한 어떻게 해야 할지 고민만 하고 계시겠죠. 우리는 그걸 도와 드릴 수 있습니다."

"당신들은 리타의 음식을 계속 먹을 수 있고요?"

"하하하! 굳이 콕 찍어 말씀하신다면 그렇지요."

셋이 다 똑같았다. 정령석을 찾는 것과 그들의 식탐이 거래가 될 수 있다는 게 그저 놀라울 뿐이다. 음식에 대한 이들의 의지만큼은 정녕 인정할 만했다.

바율은 조금 지친 목소리로 물었다.

"제가 끝까지 가라고 하면 가시긴 할 겁니까?"

"아니."

일말의 망설임도 없이 데스가 대답했다. 그가 아몬의 뒤에서 걸어 나오며 단언하듯 말했다.

"그러니 포기는 네가 해야 할 거야."

"그래도 싫다면요?"

"글쎄. 뭐라도 하나 거하게 망가뜨린 다음에 다시 얘기를 시작해 보겠지?"

이건 뭐 거의 협박이었다. 바율이 뭐라든지 간에 지금 당장은 갈 뜻이 없는 게 분명했다. 이상한 마족들에게 된통 걸린 셈이다.

'하아, 어쩔 수 없는 건가.'

데스의 형형한 눈빛 앞에서 바율은 결국 두 손을 들었다.

"그럼 규칙을 정하죠?"

"규칙?"

"네, 제가 당신들의 정체를 안 이상, 전과 같이 지낼 수는 없습니다."

"그건 그렇겠지. 좋아. 말해 봐, 그 규칙이란 거."

"이야기가 길어질 것 같으니 저리로 이동부터 하죠."

바율이 먼저 소파로 가 한쪽에 자리를 잡고 앉았다. 그 반대편에 데스 삼 형제가 자리했고, 정령들은 바율의 뒤편에 죽 늘어섰다. 위치만 바뀌었을 뿐 그들은 여전히 대치 상태였다.

Chapter 4.
도둑질의 대가

1.

"먼저 기한은 두 달로 잡죠."

"두 달?"

"네, 그 정도면 리타에게서 요리를 배우기 충분한 시간 아닙니까?"

바율의 물음에 데스와 아몬의 고개가 바르에게로 향했다. 그거면 되겠냐는 무언의 질문이었다.

"…좀 더 주시면 안 될까요?"

바르가 차마 그 눈길을 마주하지 못하며 사정했다. 우락부락한 그의 얼굴이 순간 어찌나 딱해 보이던지, 바율은 절로 마음이 흔들렸다. 그의 허전한 팔 한쪽이 눈에 밟혔다.

"그럼 석 달이면 되겠습니까?"

"그냥 요리를 완전히 다 배울 때까지로 정하면 안 되나? 그게 나을 것 같은데?"

"그렇게 두루뭉술하게 정하면 나중에 혼란만 가중될 겁니다. 석 달이 반년이 되고, 반년이 일 년이 되지 말란 법도 없지 않습니까?"

"왜 이렇게 빡빡하게 굴어? 원래 이런 성격 아니지 않았어?"

데스가 아는 한 바율은 이런 인간이 아니었다. 녀석을 보고 착하다, 상냥하다, 순하다 하는 생각을 여러 번 했었는데, 오늘 보니 완전 딴판이었다. 그새 성격이 변하기라도 한 건가?

"그땐 당신들의 정체를 몰랐으니까요. 그동안 잘 지내왔다는 것, 저도 인정합니다. 세 분께 고마운 점도 많이 있고요. 하지만 솔직하게 말씀드리면 마족과 가까이 지내고 싶지는 않습니다."

"이쪽에서 믿는 전쟁의 신은 마족이 아니었던가?"

"그것과는 다른 문제죠. 제 일상에 영향을 끼치고 있는 건 여기 계신 분들이십니다."

"그간 몇몇 마족이 인간계에서 과한 장난을 친 건 저도 잘 알고 있습니다. 아마도 그래서 선입견이 좀 있으신 것 같은데, 보셔서 아시겠지만 사령관님과 저희는 인간계에서 뭘 어떻게 하고 싶은 마음이 전혀 없습니다. 그러니 좀 봐주시면 안 될까요?"

아몬이 다시 한번 정중하게 부탁했다.

이럴 때 보면 그는 영락없는 예의 바른 신사였다. 대체 누가 그를 보고 마족이라 생각할 수 있겠는가?

'내가 지금 뭘 하고 있는 건지.'

바율은 새삼 이게 무슨 상황인가 싶었다. 마족과의 거래라니, 친구들이 알면 뭐라고 할지 퍽 궁금하다. 특히나 마족이라면 질색을 하는 일라이가 어떤 반응을 보일지 상상하는 것만으로도 너무나 끔찍했다.

"만약 바율 도련님께서 보시기에 저희가 지나치다 싶으면, 협약을 자동으로 파기하는 건 어떻습니까? 그럴 일은 없겠습니다만, 만에 하나 그런 날이 오면 순순하게 물러나겠습니다."

아몬이 한 발짝 양보하며 제안했다.

"…그 말씀, 약속하실 수 있습니까?"

"난 뱉은 말은 꼭 지켜. 내 아랫놈들이 한 말도 마찬가지고."

데스가 고개를 끄덕였다. 마족과의 약속을 믿어도 될지 어떨지 모르겠으나 일단은 방법이 없었다. 이 꼬인 관계를 풀어내려면 리타가 바르에게 하루라도 빨리 요리를 전수하는 길밖에는 없었다.

'리타를 닦달이라도 해야겠군.'

"좋습니다. 그럼 일단 기한은 바르가 리타에게 요리를 잘 배울 때까지로 하고, 다음으로 넘어가죠."

"뭐가 또 있어?"

"어디에서도 티 내지 말아 주십시오. 지금껏 그랬던 것처럼 인간인 척해 달라는 뜻입니다."

"그거라면 걱정 마. 나도 이 상태가 편하거든."

"청소도 계속하셔야 할 겁니다. 성내 식구들이 기대하는 바가 무척 크거든요."

"그건 아몬이 알아서 할 거야."

"네, 맡겨만 주시면 확실하게 처리하겠습니다."

사실 그깟 청소쯤은 단박에 끝낼 수도 있는 일이었다. 하나 그러면 누구라도 이상하게 여길 것이기에 천천히 눈에 띄지 않게 임하는 중이었다.

"마지막으로 당부드립니다. 리타의 요리 전수가 모두 끝나면 그땐 정말 조용히 사라져 주셔야 합니다. 도중에 규칙을 어기시면 오늘 거래는 자동으로 파기되고, 그 즉시 돌아가셔야 하고요. 이의 있으신가요?"

"아니, 없어. 근데 갑자기 궁금한 게 하나 생겼네."

앉아 있던 데스가 양팔을 무릎에 올리며 불쑥 바율 쪽으로 몸을 숙였다.

"넌 내가 겁도 안 나나 봐?"

"……?"

"내 정체를 알고도 또박또박 따지는 게 보통이 아니야."

"…그게 불만이십니까?"

"아니, 뭐 꼭 그런 건 아닌데…… 신기해서 말이지."

마계에서는 도통 경험해 보지 못한 일이기에 기분이 묘하다고 해야 할까? 그것도 한낱 인간이 이렇게 나오니 아주 색달랐다.

"사령관님, 그건 아마도 친화력 때문이 아닐까 싶습니다."

"응? 친화력?"

아몬의 말에 데스는 물론 바율까지 귀가 쫑긋했다.

"예, 이제껏 이 정도로 사령관님과 친화력이 높았던 존재는 없었습니다. 사령관님이 호감을 보인 인간도 바율 도련님이 처음이고요."

"그건 그렇지."

"친화력과 호감이 엮여 현재와 같은 결과가 나온 것이 아닐까 하는 게 제 소견입니다."

"호오, 그렇단 말이지?"

바율을 향한 데스의 눈빛이 재미있다는 듯 반짝였다. 하극상이라면 평소 질색하던 그인데 이상하게 불쾌하지가 않았다. 호감이라는 감정이 이런 상황을 만들어 낸다는 게 놀랍기만 하다.

평생 살면서 누군가에게 호감이라는 걸 품어 본 적이 없기에 더 그랬다.

'친화력 때문이라고?'

바율도 놀랍기는 마찬가지였다. 상대는 마족이었다. 처음 스피넬에게서 그의 정체를 듣고도 바로 믿지 못했을 정도로 경악했던 게 사실이었다.

그런데 그에 비해 별로 무섭다는 생각은 들지 않았다. 상대의 어이없는 요구도 요구지만, 그저 마족이니 거리를 두는 것이 좋겠다는 결심만 했을 뿐 특별한 두려움 같은 건 없었다.

'나도 모르게 그와의 친밀감을 느끼는 건가?'

아몬의 설명을 들으니 어느 정도는 맞는 것 같기도 하다.

"휴우! 그럼 제 팔은 무사한 거 맞죠?"

남은 팔 한쪽마저 잃을까 전전긍긍하던 바르였다. 그가 험악한 얼굴과는 어울리지 않는 환한 미소를 지으며 안도의 한숨을 내쉬었다.

"정신 똑바로 차리고 배워. 앞으로 우리가 여기서 얼마나 지낼지는 네 손에 달렸으니까."

"예, 형님! 열심히 하겠습니다!"

어느새 사령관보다 형님이란 말이 입에 붙었다. 바르가 군기가 바짝 든 자세로 비장하게 각오를 다졌다.

"그럼 우리의 거래는 성립되었으니, 이제 저쪽 얘기 좀 들어 볼까?"

데스가 바율의 뒤, 정확하게는 스피넬을 바라보며 화제를 돌렸다.

"그 전에 묻고 싶은 게 하나 있습니다."

"나에 대해 궁금한 게 많은가 보지?"

"그게 아니라, 아까 들어 보니 스피넬이 성장할 걸 미리 알고 있었던 것처럼 말씀하시던데, 그건 어떻게 안 거죠?"

그는 분명 '가장 마지막에 등장한 불의 정령이 제일 먼저 성장해 재미있다'는 말을 했었다. 정령사인 바율조차 녀석들이 변할 거라는 걸 짐작조차 못 하였는데, 그는 어떻게 스피넬을 보자마자 성장한 걸 안 건지 알고 싶었다.

"그건 너무 당연한 거 아닌가?"

"당연하다고요?"

"쟤네는 딱 봐도 하급 정령이잖아. 정령의 체계에 대해선 알고 있겠지?"

"하급, 중급, 상급. 그 위에 정령왕이 있다고 하더군요."

"맞아. 그렇지만 정령계는 멸망했고, 수천 년이 지난 지금에서야 하급 정령이 생겨났지."

"그래서요?"

"그래서는 뭐가 그래서야? 네가 쟤들 키워 내야지. 네 몸속에 있는 사대 정령왕의 힘. 그건 그러라고 있는 거 아니겠어?"

"…사대 무, 무슨 힘이라고요?"

"알고 있는 줄 알았는데?"

더듬거리며 되묻는 바율의 머릿속으로 문득 잊고 있던 스피넬의 말이 스쳐 지나갔다.

　　─전대 정령왕들이십니다.

　　─네, 왕이시여. 그분들의 힘이 왕께 이어졌습니다.

불난리로 정신이 없어 대화가 이어지지 못했었다. 이후엔 데스의 정체가 밝혀지면서 실랑이(?)를 벌이느라 이야기를 나눌 틈이 없었다.

스피넬은 이 모든 게 전대 정령왕들의 안배라고 하였다. 그 안배로 정령들은 앞으로 성장해 나갈 것이며, 바율은 전대 정령왕들의 힘이 이어진 계승자라고도 했다.

지금까지는 그저 스스로가 사대 원소의 성향을 다 갖춘 특이한 정령사의 사례라고만 생각했었다.

그런데 난데없이 전대 정령왕들의 힘을 이은 계승자라니. 이걸 어떻게 해석해야 할지 난감하고 복잡하다.

왜 하필 내가 선택된 걸까?

어머니가 연관되어 있을 거란 추측은 되지만, 갑자기 전대 정령왕 전부가 포함이 되니 머리에 과부하가 걸린 것만 같았다.

"어이, 괜찮아?"

다소 넋을 놓은 바율의 얼굴 앞으로 데스의 손이 왔다 갔다 했다.

"되게 놀랐나 보네. 어떻게 내 정체를 안 것보다 더 놀랄 수가 있지?"

그 사실이 더 기막히다는 듯 데스가 혀를 내둘렀다.

"…스피넬."

—네, 왕이시여.

"아까 내게 더 하려던 말이 뭐였어? 혼란스럽겠지만 끝까지 말 들어 달라고 했었지? 지금 들어 볼게."

—하지만 이들 앞에서는 좀…….

스피넬은 아직 데스 형제들에게서 경계심을 거두지 않은

상태였다. 드문드문 그녀의 기억 속에 자리한 마족에 대한 조각은 무조건 멀리해야 한다는 것이었다.

"데스, 자리 좀 비켜 주시겠어요?"

"이제 와서 꼭 그럴 필요가 있을까?"

"스피넬이 그러길 원하니까요."

"내가 옆에 있으면 더 자세하게 설명을 해 줄 수도 있을 텐데?"

"그건 제가 판단하고 물어봐도 늦지 않을 것 같군요."

"한마디도 안 지네."

데스가 픽 웃더니 일어났다.

"가자. 가서 잠이나 자야겠다."

무사히 거래를 완수했으니 소득이 전혀 없는 건 아니었다. 그도 정령의 이야기가 궁금하긴 했지만, 조금 나중에 안다고 해서 달라질 건 없었다.

"내일 보자고."

데스를 선두로 바르와 아몬이 깍듯이 예를 차린 뒤 방을 나섰다.

"이제 됐지?"

─템페스타, 소리 좀 차단해 주겠어?

─그거야 뭐 간단하지.

스피넬의 부탁에 템페스타가 순순히 시키는 대로 했다.

무슨 얘기이기에 이토록 보안에 신경을 쓰는지 바율은 뒤늦게 긴장이 찾아왔다.

—왕이시여.

"응, 말해."

—당신께 전대 정령왕들의 힘이 이어진 것에는 아주 중대한 목적이 있습니다.

"그게 뭐지?"

—정령계는 오래전 멸망하였습니다. 지금 제 기억으로는 그 연유를 알지 못합니다. 아직 기억의 조각을 다 찾지 못하였거든요. 다만 한 가지, 왕께선 멸망한 정령계를 복원시켜야 할 임무가 있으십니다.

"…복원시켜야 할 임무?"

—네, 그것이 전대 정령왕들의 힘이 당신에게 이어진 이유입니다.

이건 또 무슨 소리인가. 하루 사이에, 아니 하룻밤 사이에 너무나 많은 일들이 일어나고 있었다.

스피넬이 등장하자마자 성장을 해 놀라게 하더니, 데스 형제는 마족이라고 하질 않나(심지어 방금 전 거래까지 마쳤다), 이제는 멸망한 정령계를 복원시켜야 할 임무가 자신에게 주어졌단다.

아니, 대체 내가 어떻게? 무슨 수로?

정령사로서 엉망이 된 자연계를 조율해야 하는 책임감만
으로도 무거워 죽겠건만, 뭘 하라고?

왜 나지?

어째서 자꾸만 내게 이런 상황이 닥치는 것이지?

일라이, 로건, 에이단, 퀸.

이 순간만큼 친구들이 간절했던 적이 없었다. 녀석들이
곁에 있었다면 무슨 말이라도 해 주었을 텐데, 불행히도 현
재 그의 곁엔 아무도 없었다. 갑자기 머리가 지끈거렸다.

—바율…….

그때 셰임의 탁한 목소리가 들려왔다. 그가 있는 곳을 향
해 바율이 힘없이 고개를 들었다.

—넌…… 혼자가 아니다.

"…네?"

—우리가 늘…… 함께한다…….

"아, 셰임…….."

그가 무슨 말을 하고 싶은지 이해했다.

그래, 왜 잊은 걸까. 친구들은 없지만 바율에겐 정령들이
있었다. 비록 아는 것이 없어도 존재만으로 충분히 의지가
되는 이들이었다.

바율은 괜스레 미안해졌다. 정령들을 곁에 둔 채, 혼자라
생각하며 잠시 흔들렸던 감정을 셰임에게 들킨 것이다.

기분이 상할 수도 있었을 텐데, 자신부터 먼저 챙겨 주는 셰임의 마음 씀씀이가 고마웠다. 말은 안 해도 그 역시 혼란스러운 것은 마찬가지일 텐데 말이다. 철없이 구는 이노센트나 템페스타와 달리 셰임은 내내 과묵하고 든든하게 바율의 옆을 지켰다.

"고마워요, 셰임. 그리고 미안해요."

─아니다…….

"오늘 한꺼번에 너무 많은 걸 겪어서 그런 모양이에요. 하루가 이렇게 길게 느껴졌던 적은 처음이라서…… 함께 있어 줘서 고마워요. 이제라도 의지가 된다고 말하면 너무 늦었을까요?"

─나는 괜찮다…….

─나도! 나도 괜찮아!

─넌 뭘 알고서 그런 소리 하는 거냐?

─이노센트 너보다는 많이 알걸?

─쯧쯧. 퍽이나 네가 그렇겠다.

투닥거리는 두 녀석을 뒤로하고 바율은 스피넬에게 다시 말을 걸었다.

"스피넬, 네 얘기는 대강 이해했어. 내가 전대 정령왕들의 힘을 이었다는 거, 이젠 받아들여야 할 것 같아."

─왕이시여, 대견하십니다.

"근데 의문점이 하나 있거든? 왜 내게 이런 힘이 이어진 걸까? 많고 많은 사람들 중에서 말이야."

─거기까지는 저도 잘 알지 못합니다. 기억의 조각이 새롭게 몇 개 생겨났을 뿐이라서요.

"아까도 그랬지? 기억의 조각을 다 찾지 못했다고."

─네, 왕이시여. 저희는 계속 성장할 것입니다. 아마도 그러면서 더 많은 조각을 찾을 수 있지 않을까 생각하고 있습니다.

"처음부터 그런 식으로 안배를 해 놓은 걸까?"

─전대 정령왕들께서 말입니까?

"응, 모든 걸 한꺼번에 알게 되면 부작용이 생길 수도 있을 테니까. 갑자기 그런 생각이 드네."

어느새 침착해진 바율이었다. 갑작스러운 일신상의 변화로 잠시 허둥지둥하긴 했지만, 스피넬과 대화를 나누다 보니 어느 정도 정리가 되는 느낌이었다. 어쩌면 아직 무게를 실감하지 못하고 있는 걸지도 모르겠다.

"아무래도 기억의 조각을 찾아야겠어. 그래야 많은 실마리가 풀릴 것 같거든."

─왕이시여, 뜻대로 하십시오.

그러려면 다른 정령들의 성장이 필수로 뒤따라야 했다. 네 정령이 떠올린 기억의 조각이 모이면 뭐 하나라도 나오지 않겠는가?

─바율, 우리도 성장하면 스피넬처럼 막 변하는 거야?

"아마도 그렇게 되겠지?"

─얼른 그날이 왔으면 좋겠다! 사실 나 지금 내 모습 별로였거든.

"그랬어? 난 귀엽고 마음에 드는데."

─스피넬 봐. 뭔가 어른스러워졌잖아.

그래봤자 십 대 소녀의 외모였지만, 아이의 모습을 한 이노센트의 입장에선 꽤 부러운 모양이었다. 녀석이 입술을 삐죽이며 불평했다.

─자기가 제일 컸다고 막 대장 노릇도 하려는 것 같고. 아무튼 별로야.

아까 데스가 나타났을 때 스피넬이 닥치라고 했던 말을 잊지 않고 기억하고 있음이 분명했다.

지금의 스피넬은 존칭을 사용하며, 바율을 왕이라고 칭하고 있었다. 태도 역시 무척이나 정중하고 예의 바르다.

그러나 그건 하급 정령일 때와 마찬가지로 바율에게만 국한된 것이었다. 철(?)은 좀 들었지만, 여전히 다른 이들을 대할 때는 간혹 본성이 튀어나왔다. 그것으로 보건대 성장을 했다고 해서 성격이 완전히 달라지는 것은 아닌 듯했다.

"스피넬은 대장 노릇을 하려는 게 아니야. 그냥 먼저 기억을 해 냈기 때문에 나에게 일러 주려는 것일 뿐이지. 그러니 이노센트와 템페스타가 오해하지 않았으면 좋겠어."

―왕이시여, 감사합니다.

"그리고 그 호칭 말인데, 그만하면 안 될까?"

―네?

"성장은 내가 아니라 너희가 할 거잖아. 결국 정령왕이 되는 건 너희일 텐데, 나보고 자꾸 왕이라고 하니까 좀 이상해서 말이지."

―우아! 우리가 정령왕이 되는 거였어?

―진짜? 바율, 정말 그런 거야?

여태 뭐 들었던 거니, 너희들?

바율은 그렇게 반문하고 싶은 걸 겨우 참으며 대답했다.

"전대 정령왕들이 내게 내린 임무가 멸망한 정령계를 복원시키는 거라잖아. 처음엔 이게 대체 뭔 말인가 싶었는데, 너희들이 성장할 거라는 것에서 힌트를 얻었어."

―힌트?

―무슨 힌트?

"정령계가 다시 살아나려면 정령왕이 반드시 필요할 거야. 태초에 생겨난 그들이 상급 정령을 만들고, 또 그들이 중급을 만들고, 다시 하급이 생겨나면서 정령계가 만들어졌다고 했거든."

"그런데?"

"지금은 어떤 이유에선지 그게 거꾸로 가는 중인 거야. 왜 나인지는 모르겠으나, 나로 인해서 너희가 하급에서 중급, 중급에서 상급, 그리고 정령왕이 되는 거지."

―정령왕이라고?

―우와! 대박! 나 정령왕 되면 뭐하지? 뭐부터 할까? 엉?

"그냥 아직은 추측일 뿐이지만, 정황상 그러지 않을까 싶어. 스피넬, 네 생각은 어때?"

―왕께서 그리 생각하신다면 그런 것이겠지요.

"아, 또 왕이란다. 나 왕 아니라니까?"

―네? 하지만…….

"난 그냥 바율이야. 너희와 다른 인간이라고. 인간이 어떻게 정령의 왕이 될 수 있겠어? 안 그래?"

더욱이 오히려 이들이야말로 정령왕이 될 몸들이지 않은가? 이상해도 너무 이상한 호칭이었다.

"전처럼 그냥 바율이라고 불러 줘. 난 그편이 더 편해."

―하오나 왕께선 전대 정령왕들의 힘을 지니고 계십니다. 저희는 그 힘을 따르는 것이고요. 그에 예를 표하는 것이 마땅하다고 생각합니다.

"내가 어색해서 싫다니까? 아까는 놀라서 말을 못 했을 뿐이지, 스피넬이 왕이시여 할 때마다 민망해서 땀이 다 난단 말이야."

─그건 그래! 나도 스피넬이 그럴 때마다 웃음이 나서 몰래 킥킥거렸어.

─나만 그런 게 아니었네? 큭큭.

"들었지, 스피넬?"

─…….

"하급 정령일 때의 기억을 잃은 게 아니라면, 곧 스피넬도 날 편하게 대할 수 있을 거야. 난 계속 그렇게 지냈으면 좋겠어."

단, 제어가 되는 선에서 말이지.

굳이 이 말을 덧붙이지 않은 건 스피넬이 이미 그러고 있기 때문이었다.

─네, 왕이시여…… 아니, 바율 님. 그리하도록 하겠습니다.

"님도 뺐으면 좋겠는데."

─…네.

"이해해 줘서 고마워, 스피넬. 앞으로 잘 지내 보자."

─왕…… 아니, 바율 니…… 아니, 알겠습니다.

중급 정령이 된 후 차분하고 영리해 보이기만 하던 스피넬이 버벅거리는 모습은 꽤 생경한 장면이었다. 그래서일까. 이노센트와 템페스타가 숨이 넘어갈 듯 박장대소를 터뜨렸다.

저 둘이 중급 정령이 되었을 때는 과연 어떻게 변할지 심히 기대가 되는 한편, 걱정이 되는 순간이기도 했다.

"그럼 오늘은 이만 이야기 마무리하고 자기로 할까?"

바율이 말을 안 해서 그렇지, 그는 지금 상당히 피곤했다. 쉬지 않고 광산까지 달려온 것으로 모자라 인부들을 구출한 이후로도 많은 일들이 있었다.

뭔가 해결을 보고 나니 긴장이 풀리며 온몸이 노곤해진다. 이전에 약골이었던 때와 비교하면 체력에 자부심이 생길 정도로 건강해진 바율이지만, 지금만큼은 잠이 절실했다.

"내게 더 할 얘기는 없는 거지?"

—네, 바율. 없습니다.

"흐음, 적응 빠르네."

스피넬의 대답에 만족하며 바율이 자리에 누우려는 때였다.

—아 참, 나 말할 것 있는데!

템페스타가 바율의 침대로 슝 날아와 보고했다.

—바율, 아까 무슨 일이 있었냐면 말이지! 네 사촌 형이라던 자가……

2.

얼음 광산에 아침이 밝았다. 어제 너무나 많은 일을 치렀기 때문인지 바율은 죽은 듯이 쓰러져 잠이 들었다. 잠들기 전 템페스타가 심경을 어지럽히는 말을 하긴 했지만, 그것이 수마를 이기지는 못했다. 바율은 바로 곯아떨어졌고, 깊은 숙면은 피로를 푸는 데 큰 보탬이 되었다.

"식사가 조촐합니다. 최대한 준비한다고 하였는데 입에 맞으실지 걱정이네요."

아침은 특별히 식당에 모여 다 같이 먹기로 했다. 인부들은 이미 식사를 마치고 광산 복구를 위해 투입이 되었고, 오늘의 식사 자리엔 바율과, 이언, 그리고 데릭과 후안 사제가 함께했다.

"이런 걸 먹으라고 내오다니, 광산에 정말 먹을 게 없기는 없는 모양입니다. 후안 사제님께 누를 끼치게 되어 죄송하군요."

데릭이 벨고프스키를 대신해서 사죄했다.

"아닙니다. 저야 뭐 허기만 때우면 상관없습니다. 어젯밤 그 난리를 겪었는데 이 정도면 훌륭하지요. 안 그렇습니까, 이언 경?"

"전장에서는 이 정도면 진수성찬이 따로 없지요. 맛만

있어 보입니다."

이언은 거리낌 없이 스푼과 포크를 들어 식사를 시작했다.

"저도 괜찮습니다. 정신없는 와중에 식사까지 준비해 주시고 노고가 많으시네요, 벨고프스키 씨."

"아이고, 아닙니다요. 바율 도련님! 소인이 당연히 해야 할 일인 걸요!"

"식사는 하셨습니까?"

"네, 저는 아까 인부들과 함께 먹었습니다."

"그럼 실례가 안 된다면, 먹으면서 보고를 들어 봐도 될까요?"

벨고프스키가 또 한 번 데릭의 눈치를 살폈다. '어쩔까요?' 하는 그 물음에 데릭이 미간을 모으며 시키는 대로 하라는 듯 눈짓했다.

잠시 뜸을 들이던 벨고프스키가 이내 결심한 듯 갑자기 부복하며 울음을 토했다.

"주, 죽여 주십시오! 바율 도련님! 모든 게 제 탓입니다!"

"…무슨 말씀이십니까?"

"소, 소인이 그만 영주님을 돕고자 하는 마음에 무리를 하였습니다. 인부들에게 제대로 쉴 시간을 주었어야 했는데, 채굴량을 늘려 보겠다고 새벽 작업에까지 인부들을 동원하는 바람에 이 사달이 난 것입니다. 요, 용서해 주십시오!"

"…그러니까 오로지 벨고프스키 씨의 지시에 의해 그리되었단 말입니까?"

"예예, 바율 도련님! 아시다시피 얼음 광산이 해밀턴의 주 수입원이지 않습니까? 물난리로 시에 돈이 많이 필요하다 들었습니다. 하여 영주님께 조금이라도 보탬이 되고자…… 크흐흑……."

연기를 생각 이상으로 잘하고 있지만, 불행히도 바율에겐 템페스타가 있었다. 어젯밤 녀석에게서 모든 것을 전해 들은 바율에게 울고 있는 벨고프스키의 모습은 외려 분노만 일으켰다.

"흐음, 제가 알아본 바와는 너무나 다른 말씀을 하시네요."

"…예?"

"제가 듣기로는 전부 데릭 형님이 시키신 일이라고 하던데…… 아닙니까?"

"…뭐, 뭐라고? 바율?"

갑작스레 자신의 이름이 거론되자 데릭이 사례라도 걸린 듯 콜록거렸다.

"들라 하세요."

바율이 명하자 식당 입구 쪽에서 고개를 푹 숙인 인부 몇이 들어왔다. 그들을 보는 벨고프스키의 얼굴이 노랗게 변했다. 아닌 게 아니라 그들은 그와 함께 광물을 빼돌린 일당들이었기 때문이다.

"벨고프스키 씨는 알아본 것 같은데, 데릭 형님은 어떠십니까? 알아보시겠습니까?"

"너…… 너 지금 뭐 하자는 거야? 왜 이래, 나한테?"

"모르시는 분들입니까?"

"다, 당연하지! 광산에서 일하는 인부들이 몇 명인데, 내가 그걸 다 기억하겠어? 아니 그런가, 자네들? 내가 언제 자네들에게 아는 척 인사라도 한 적이 있더냐 말이다!"

데릭이 적반하장 소리치며 인부들을 닦달했다. 그것에 겁을 집어먹은 듯 그들의 허리가 더욱 움츠러들었다.

"그만하십시오. 추하십니다."

"뭐, 뭐야?"

"남에게 죄를 뒤집어씌우는 건 비루하고 야비한 행동입니다. 알 만하신 분이 어찌 그러시는 겁니까?"

"너야말로 내게 왜 이러느냐? 내가 무슨 짓을 했다고, 내게 이런 누명을 씌우는 것이야?"

"누명이라고요?"

"그래! 벨이 이미 다 실토하지 않았더냐? 그럼 그에게 죄를 물으면 될 것을, 어찌 나를 물고 늘어지느냔 말이다!"

비지땀을 쏟아 내며 데릭이 항변했다.

"이런 분이셨습니까? 그랬다면 정녕 실망입니다."

"나도 네가 정말 실망스럽구나!"

세게 나갈 땐 세게 나가야 한다. 데릭은 기죽지 않으려 애쓰며 목소리를 높였다.

잠시 그런 데릭을 말없이 쳐다보던 바율이 품에서 뭔가를 꺼내 식탁에 올려놓았다.

"그럼 이건 뭡니까?"

"그, 그건…… 내 팔찌가 아니더냐!"

"형님의 팔찌가 왜 벨고프스키 씨의 방에서 나온 걸까요? 이제는 이걸 그가 훔쳤다고 하실 겁니까?"

"아, 아닙니다! 소인은 절대 훔치지 않았습니다! 데릭 도련님께서 주신 것입니다!"

"이, 이놈! 닥치지 못할까!"

얼결에 벨고프스키가 진심을 토하자 데릭이 더듬거리며 고함을 질렀다.

"스네이프 거리에 위치한 점포도 주시겠다고 약조하셨다고요?"

"그, 그걸 네가 어떻게……?"

"그게 중요합니까?"

조용하지만 무게 있는 바율의 음성에 데릭은 순간 할 말을 잃었다. 모든 것을 알고 있는 듯한 눈빛이었다. 저 자식이 어떻게 그토록 상세하게 아는 것인지는 모르겠다만 다 들키고 만 것이다.

혹시 놈이 그새 다 분 것인가?

벨고프스키를 흘긋 노려보았지만, 그 역시 모르는 눈치였다.

"왜 그러셨습니까?"

"……"

"형님께서 하신 건 도둑질입니다. 어찌 남도 아닌 데릭 형님께서 이런 짓을 벌일 수 있단 말입니까? 작은아버지께선 아십니까?"

데릭의 두 눈이 갈 곳을 잃고 흔들렸다. 그에 바율은 확신할 수 있었다.

작은아버지께서도 모르시는 게 틀림없었다.

"제가 직접 여쭤보아야 하나요?"

"아니! 안 된다! 그건 절대 안 돼!"

당황한 데릭이 거의 실토하듯 소리를 내질렀다.

"아버지께서 아시는 날엔 난 해밀턴에서 살 수 없을 거다. 분명 저 멀리 산골 마을로 쫓아내실 거라고! 그러니 절대 말하면 안 돼!"

"아무것도 밝히지 않고 물을 수는 없습니다. 이 건은 이미 제 손에서 해결하기는 힘들다는 거, 데릭 형님께서 더 잘 아실 텐데요."

"너만 말하지 않으면 아버지께서 어떻게 아실 수 있단 말이냐? 너만 입 다물면 되는 거란 말이다!"

"진정으로 그리 생각하십니까?"

바율이 보란 듯이 같이 식사 중이던 이언과 후안 사제를 쳐다보았다.

"두, 두 분께서도…… 비밀을 지켜 주시리라 믿겠습니다."

데릭이 얼굴을 붉히며 사정했다. 참으로 순진한 발상이 아닐 수 없었다.

"그럴 순 없겠는데요."

후안 사제는 그렇다 치더라도, 이언이 그러리라 기대한 것은 데릭이 그를 잘못 봐도 한참 잘못 보았다. 그는 만월 기사단이었다. 그리고 만월 기사단원들은 그 어떤 것도 주군인 아버지께 숨기지 않는다. 그걸 여태 몰랐다니 어리숙함의 끝이 어디인지 걱정이 될 정도다.

"이언 경! 이언 경은 큰아버지께 녹봉을 받는 기사입니다. 저는 큰아버지의 조카이고요! 당연히 이 정도는 눈감아

주실 수 있는 것 아닙니까?"

"데릭 도련님께서 실수하신 일이 있다면 그것이 무엇이든 봐 드릴 수 있습니다. 하나 도둑질은 아니 될 말씀이지요."

"자꾸 도둑질, 도둑질하시는데. 광물 조금 빼돌린 것뿐입니다! 그게 뭐가 그리 대수라고 이렇게들 나옵니까? 제가 그걸로 뭐 성이라도 한 채 산 줄 아십니까?"

"그러잖아도 그걸 알아보려던 참입니다. 성을 사신 겁니까? 어디에 어떤 성을 사셨나요?"

바율의 질문에 데릭이 입술을 깨물었다. 차라리 성이라도 샀다면 남아 있는 재산이 될 터이니 이토록 궁지에 몰리지는 않았을 것이다. 광산이 무너졌다는 소식에 놀라 이렇듯 달려오지도 않았을 테고.

성은커녕 그에게 남은 것은 빚만 잔뜩이었다.

"다시 한번 묻겠습니다. 빼돌린 광물로 뭘 하셨죠?"

"……."

"지금 당장 황도에 서찰을 넣을까요?"

"…날 협박하는 것이냐?"

"기회를 드리는 겁니다. 그래도 제겐 형님이시니까요."

"핫! 형님이라고?"

갑자기 데릭이 기가 찬다는 듯 웃었다.

"네가 진정 나를 그리 생각했다면 여기서 이랬으면 안 되지. 이렇게 남들이 보는 앞에서 날 개망신 주는 게 기회라고? 죽은 바일에게도 이런 식으로 대했나 보지?"

"데릭 도련님!"

"말씀이 좀 심하십니다!"

바율을 대신해서 소리친 건 이언과 후안 사제였다. 그들이 기겁하며 바율의 안색을 살폈다.

"아니요. 단 한 번도 그러지 않았습니다."

하지만 그들의 염려와 달리 바율은 온전했다. 얼마 전까지만 해도 바일 얘기만 나오면 아무것도 못 하고 공황 상태가 되던 바율이었다. 그래서 늘 조심을 하곤 했었는데, 어떻게 된 건지 지금은 전혀 영향을 끼치지 못하는 듯했다.

"바일 형은 데릭 형님처럼 군 적이 없었으니까요."

"뭐야?"

"언제나 아픈 저를 대신해서 배려하고 또 배려하는 것이 몸에 밴 형이었습니다. 그런 바일 형과 본인을 비교하려 하시다니, 무척이나 불쾌하군요."

"너어……!"

데릭이 이를 갈며 바율을 쏘아보았다. 어릴 땐 바일 뒤에 숨어서 의사 전달도 제대로 하지 못했던 녀석이 설마 이렇게 자신을 핍박할 거라곤 꿈에도 생각 못 했다.

"데릭 형님에 대해서는 아버지와 작은아버지께서 돌아오시는 대로 보고할 참이니, 처분은 그때 결정될 것입니다."

"저, 정녕 그리하겠다는 것이냐? 그래도 내가 네 사촌 형인데, 기회조차 안 주는 것이냐?"

"광물을 빼돌리신 건 엄연한 중죄입니다. 아버지께서 이곳을 얼마나 중히 여기시는지는 데릭 형님도 아시지 않습니까?"

"안다. 그러니까 제발 한 번만 봐 달라는 것이 아니냐! 바율, 이번만 넘어가 주면 내 다시는 그러지 않겠다. 맹세라도 하마! 아니, 필요하면 각서라도 쓰겠다!"

데릭은 자존심도 던지고 애원했다.

"그래도 가족이니만큼 감옥에 가두지는 않겠습니다."

"뭐, 뭐야? 날 감옥에 가두려 했다는 말이냐? 네, 네가 정녕 미친 게지?"

"대신 두 분이 오시기 전까지, 저택에서 한 발자국도 나오실 수 없습니다."

"네놈이 뭔데 감히 나를……!"

"란데르트 공작가의 후계자로서 명하는 것입니다."

아버지가 없으면 아들인 그가 해야 할 일이었다.

"몰래 탈출하실 생각일랑 하지 마십시오. 저택은 만월 기사단이 지킬 겁니다."

만월 기사단이란 말의 힘은 대단했다. 바율을 죽일 듯이 노려보던 데릭의 기세가 한풀 꺾였다. 도망이라도 치려 했건만, 다 부질없는 노릇이었다.

"아버지와 작은아버지가 돌아오실 때까지만입니다."

"훗, 그때가 내 제삿날이 되겠군."

데릭이 자조하듯 웃음 지었다.

"원망하셔도 어쩔 수 없습니다. 이미 제가 해결할 수 있는 범위를 벗어났으니까요. 그걸 자초한 건 데릭 형님이십니다."

"과연 그런 이유만 있을까?"

"…네?"

"내가 무서운 건 아니고?"

바율은 데릭이 갑자기 무슨 말을 하는 건지 알 수가 없었다.

"지금은 아팠던 게 나았다니 아닐 수도 있긴 하겠군."

"…무슨 뜻입니까?"

"너의 자리 말이다. 조금 전 네가 말하던 너의 그 자리."

'내 자리……?'

"란데르트 공작가의 유일한 후계자. 하나 얼마 전까지만 해도 약골에 뭐 하나 할 줄 아는 게 없는 애송이 도련님이었지."

"…그게 어쨌다는 겁니까?"

"시치미 떼는 기술이 제법이구나."

"형님이야말로 돌려서 말씀하시는 능력이 대단하십니다. 알아듣게 말씀하실 순 없습니까?"

"정히 원한다면 그래 주지."

데릭이 목이 말랐는지 물 한잔을 쭉 들이켰다.

"네가 란데르트 공작가의 후계자로 진정 어울린다 생각하느냐?"

"……!"

"바일이라면 모를까. 넌 아니었어. 그래서 사람들이 엄청나게 수군거렸지. 너도 어느 정도는 들어서 알고 있었을 텐데?"

당연히 알다마다. 형의 죽음 뒤에는 쓸모없던 자신이 죽는 것이 가문을 위해서도 나은 일이었을 거라며 한동안 많은 말들이 돌았다. 바율 역시 같은 생각이었기에 반박할 수 없었고, 그래서 더욱 괴로웠다.

"네가 큰아버지의 뒤를 잇는 건 모두를 불안감에 빠뜨리는 일이었지. 그래서 자연스레 내가 거론되고는 했던 거야."

"…뭐라고요?"

"처음 듣는다는 얼굴이네? 큰아버지께서도 염두에 두셨

던 것으로 아는데…… 역시 넌 모르는 게 많구나."

"아, 아버지께서도 그리 생각하셨다는 말씀입니까?"

"그리 생각지 않으셨다면 내가 얼음 광산에 오는 것을 왜 막지 않았겠느냐? 이처럼 중한 곳에 말이야! 그런 짐작도 전혀 못 하고 있었다니. 이리 멍청해서야, 원. 아카데미에서 공부는 제대로 하고 있는 게냐?"

"데릭 도련님, 그만하시지요."

이언이 참다못해 경고했다.

"감히 기사 주제에 란데르트 가문의 일원인 내게 명령을 내리는 건가?"

불리할 땐 서열을 드러내는 것만큼 좋은 방법이 없었다. 하지만 그런 공격에 당할 이언이 아니었다.

"지금은 란데르트 가의 일원이 아니라 한낱 도둑이실 뿐입니다. 헛소리는 그만하시고 이제 일어나시지요."

"뭐야?"

"바르."

어느새 데스 삼 형제가 식당 한쪽에 자리해 있었다. 이언은 그들 형제 중 가장 힘이 세 보이는 바르를 지목했다. 비록 팔은 하나뿐이지만 그의 근육은 척 보기에도 무시무시했다.

"저자를 감금하게. 곧 본성으로 떠날 걸세."

"알겠습니다!"

드디어 리타 스승님이 계신 곳으로 떠날 때가 왔다. 그 사실이 너무 기쁜 나머지 바르가 데릭의 심정은 고려하지 않은 채 무자비하게 그의 팔뚝을 잡고 끌었다.

"아악! 이 손 놓지 못하겠느냐!"

어마어마한 악력에 팔뚝이 끊어져 나갈 것 같았다. 하나 아무리 소리를 쳐도 돌아보는 이 하나 없었다.

마치 짐짝처럼 마차에 던져진 데릭은 이후로 본성에 도착할 때까지 밖으로는 나오지 못할 예정이었다.

"이언 경은 데릭 형이 빼돌린 광물을 어떻게 사용했는지 좀 알아봐 주세요."

"부디 허튼짓에 쓰지 말았어야 할 텐데요."

그렇게 말하면서도 사용처가 좋은 곳은 아닐 거란 건 그가 더 잘 알았다.

"무슨 짓을 벌일지 모릅니다. 감시 잘 부탁드릴게요."

"걱정 마십시오. 공작 전하께서 오실 때까지 무사히 잘 지키겠습니다."

"네, 이언 경. 고맙습니다."

"그럼 우린 다시 식사나 마저 할까요?"

살벌했던 공박이 지나갔다. 사촌과의 싸움에 마음은 편치 않았지만, 그래도 광산 일을 해결한 것은 홀가분했다.

식사 후엔 본성으로 돌아갈 것이다. 가서는 모든 걸 잊고 정령에 대한 것을 본격적으로 찾아볼 작정이었다.

Chapter 5.
작은어머니의 방문

1.

"템페스타, 잘했어. 덕분에 쉽게 해결이 된 것 같아. 좀 늦었지만 이제라도 고맙단 말은 꼭 해 줘야 할 것 같아서."

본성으로 돌아가는 길이었다. 올 때와는 달리 두 대의 마차가 함께 움직였다. 하나엔 이번 사태의 주범인 데릭과 그를 감시하고자 이언이 동승했고, 다른 하나엔 바율과 데스 형제, 그리고 정령들이 저마다 좋아하는 자리에 앉아 있었다. 참고로 후안 사제는 광산의 인부들을 더 살펴야 했기에 후에 돌아오기로 하였다.

―헤헤, 내가 고급 정보를 주기는 했지. 인정!

템페스타가 한껏 거들먹거리며 자신의 공로를 부정하지

않았다. 녀석은 스피넬과 셰임이 바율을 지키고자 양옆에 앉아 있는 것과는 달리, 데스 삼 형제와 나란히 찰싹 달라붙어 있었다. 뭐가 그렇게 재밌는지는 모르겠으나, 연신 그들에게 얼굴을 들이밀며 히죽히죽 웃어 댔다. 이노센트는 비가 오면 늘 그렇듯 마차 밖에서 쏟아지는 비를 맞으며 여정을 즐기고 있었다.

"근데 왜 살려 주는 거지?"

"…네?"

뜬금없는 데스의 물음에 바율이 되묻자 그가 뒤따라오는 마차를 가리켰다.

"네 사촌 형이라는 작자 말이야. 죄질이 상당히 나빠 보이던데, 어째서 가만히 두는 거냐고."

데스는 진심으로 이해가 안 가는 얼굴이었다.

'아, 그는 마족이었지.'

그새 또 잊고 있었다. 하인으로 더불어 지낸 시간 때문인지, 그의 정체를 다 알고 난 지금도 바율은 저도 모르게 그가 자신과 같다는 착각을 하고 만다.

수하가 대들었다는 이유만으로 팔을 자르기까지 한 그가 아니던가. 어떤 설명을 해도 납득하지 못할 것이다.

'그래도 가족이 있다면 조금은 이해할 수도……'

"그냥 죽여도 상관없지 않나? 그럼 감시할 필요도 없고 얼마나 좋아."

"…한 가지 여쭤봐도 될까요?"

"어제부터 답은 않고 무슨 질문이 그리도 많은지."

그렇게 말하면서도 어디 물어보라는 듯 데스가 턱을 들었다.

"실례가 되는 질문일 수도 있습니다. 괜찮으시겠습니까?"

"그건 듣고 판단해 보지."

"…마족인 당신에게도 가족이 있나요?"

"가족?"

"네. 아버지나 어머니, 혹은 형제들 말입니다."

"…있기야 있지. 근데 그건 왜?"

어쩐지 데스의 말투가 다소 떨떠름했다. 가족을 거론하는 것이 불편한 기색이랄까. 이상한 건 곁에 있는 바르와 아몬도 같이 경직되는 것이 느껴졌다.

"데릭 형이 큰 사고를 친 건 맞지만, 엄연히 제 사촌 형입니다. 제 아버지에겐 조카이고요."

"그래서?"

"그런 형의 아버지, 그러니까 제겐 작은아버지인 분 앞에서 스스로 변호할 시간을 주기 위해서입니다. 원래 그게 해밀턴의 시민법이기도 하고요."

"시민법?"

"네, 해밀턴의 시민이라면 누구라도 법 앞에서 자신을 보호할 자격이 있습니다. 그래야 억울한 상황을 막을 수 있으니까요."

"네 사촌 형이 무지 억울해 보이긴 했지만, 죄를 지은 정황이 너무 확실하던데?"

"압니다, 저도. 그저 작은아버지에 대한 저의 예의라고 해 두죠. 어찌 되었든 자식이 아닙니까. 사태에 대해 전해 들으시면 분명 크게 슬퍼하실 겁니다."

바율이 가장 마음 쓰이는 부분이 바로 그것이었다. 조카인 자신도 그리 끔찍이 여기시는 분인데, 하물며 데릭 형은 하나뿐인 아들이었다. 그런 아들의 죄를 아비로서 물어야 한다는 것이 얼마나 고통스럽겠는가. 충격으로 몸져누우시지는 않을지 걱정이었다.

"그게 그렇게 슬퍼할 일인가?"

"…네?"

"난 오히려 되게 죽이고 싶던데."

옛 기억이 떠오르자 데스의 까만 눈에 또다시 붉은 빛이 일렁거렸다.

그는 모든 것이 검은 사내였다. 한데 화를 낼 때는 이상하게 붉은 기운이 감돈다. 그저 단순한 변화인 건가?

"사령관님."

아몬이 일전에 그러했듯이 진중한 음색으로 재차 데스를 만류했다. 그의 손이 데스의 팔에 닿자 일렁이던 붉은 빛이 점점 사그라졌다.

—눈동자 색이 막 바뀌고 그러네? 신기하다!

템페스타가 분위기 파악을 못 하고 끼어들었다.

—마족은 어디서 살아? 마계라고 했던가? 나 놀러 가도 돼?

"템페스타."

바율이 말리려 했지만, 이미 데릭 건으로 한껏 기고만장해진 템페스타는 좀처럼 멈추지 않았다. 바율의 말은 아예 들리지도 않는지 돌아볼 기색조차 없었다.

—너희 셋은 거기서 등급이 어느 정도나 돼? 기운으로 봐서는 장난 아닐 것 같은데.

"서열을 말하는 건가요?"

—응, 그런 셈이지.

"사령관님께선 9위, 바르 형님이 10위, 제가 11위입니다. 여기 해밀턴에서 모시는 전쟁의 신이 12위이고요."

아몬이 자부심을 갖고 설명했다. 그의 안경 너머 감긴 눈이 왠지 긍지로 반짝이는 듯했다.

—피, 별로네.

"네?"

―이래 봬도 난 정령왕이 될 몸이라고. 왕이 뭔지는 알지? 너희 쪽으로 따지자면 한 1위쯤?

턱을 한참 치켜들고 팔짱까지 끼는 모양새가 도저히 혼자 보기 아까울 정도였다. 그래서인지 조용하던 바르가 한마디 했다.

"어이, 바람 꼬마야. 생긴 건 한주먹거리도 안 되어 보이는데, 네가 정령왕이 될 거라고?"

―뭐야? 한주먹?

"그래! 아무리 하급 정령이어도 그렇지, 그렇게 약해 빠지게 생겨서 진짜 정령왕이 될 수 있겠냐?"

―와, 지금 나한테 시비 거는 건가? 한번 해보자는 거지? 그치?

"시비는 네 녀석이 먼저 걸었지. 감히 누구보고 별로래! 확 그냥!"

―확 그냥 뭐? 여기서 한번 붙어 볼까? 앙?

쑤아앙!

별안간 마차 안에 강풍이 불었다. 누구의 짓인지는 굳이 물을 필요도 없었다.

'저놈의 성질머리.'

요새 잠잠하다 했더니 템페스타의 버릇이 또 도졌다. 이노센트하고만 잘 지내면 될 줄 알았는데, 바르가 복병이었다.

"템페스타."

싸움이 더 번지기 전에 바율은 진화에 나섰다.

"설마 바르와 다투려는 건 아니지?"

바율의 말투는 상냥했지만, 눈빛은 엄했다. 그에 템페스타가 주춤하며 변명했다.

—아니, 난 뭐 그냥…… 궁금해서 그랬지.

"제가 부연 설명을 잠시 잊었군요."

아몬이 열 받은 바르를 대신해서 명예 회복(?)에 나섰다.

"제가 말한 서열은 엄밀하게 따지면 데스 형님에겐 해당 사항이 없습니다. 마계의 총사령관은 아무나 할 수 있는 게 아닙니다. 마계에서 가장 강한 자만이 맡을 수 있는 직책입니다."

"…그런 겁니까?"

바율도 알지 못했던 바였다.

"그런데 어떻게 마황보다도 더 강할 수가 있는 건지……."

저도 모르게 뱉은 바율의 의문을 아몬이 쉽게 풀어 주었다.

"란데르트 공작은 황제보다 약한 인간입니까?"

"아……."

"설명이 충분히 되었길 바랍니다."

충분하다 뿐인가. 단번에 이해가 되는 비유였다.

'데스가 마계에서 가장 센 마족이라니…….'

이제야 점점 상대가 마족이라는 게 실감이 되는 바율이었다.

정말 그런 자와 같이 지내도 되는 것일까?

협약을 했으니 이제 무를 수도 없었다. 꼼짝없이 전처럼 지내는 수밖에 도리가 없다. 사실 따지고 보면 바율 입장에선 손해 보는 것은 없었다. 외려 도움만 받고 있는 실정이다.

'적응하는 수밖에 없는 건가.'

가족과 친구들에게 걸리지 않고 잘 속일 수 있을지, 바율은 그 점이 가장 걱정스러웠다.

"근데 다들 이름이 뭐지?"

불현듯 데스가 정령들을 돌아보며 물었다. 그러고 보니 아직 제대로 소개조차 하지 못했다.

"옆에 있는 친구는 바람의 정령 템페스타입니다."

—안녕, 마족들! 반가워!

"그리고 이쪽은 불의 정령 스피넬, 여긴 땅의 정령 셰임,

마차 지붕 위에 있는 녀석이 물의 정령 이노센트라고 합니다."

"딱 봐도 어떤 정령인지는 알지. 이름이 뭐였는지 헷갈려서 확실하게 알고 싶었을 뿐이야. 우리는 말 안 해도 알고 있겠지?"

—데스, 바르, 아몬. 우리가 바보는 아니라서.

템페스타가 셋을 차례대로 한 명 한 명씩 찍으며 킥킥거렸다.

"재밌는 정령이군."

데스가 어처구니없다는 듯 피식 웃었다.

"어제 내 본모습을 잠시 봤을 텐데, 어째 겁먹은 기색들이 하나도 없지? 아, 스피넬은 빼고 말이야."

마차에 동승한 이후로 스피넬은 거의 말이 없었다. 그녀는 여전히 긴장 상태였다. 마족을 향한 경계심을 끝까지 놓지 않는 느낌이랄까.

'스피넬, 많이 불편해?'

신경이 쓰인 바율이 몇 번 물어봤지만, 그녀에게선 괜찮다는 답변만 돌아올 뿐이었다.

—우리가…… 무서워해야 하나……?

"셰임?"

스피넬처럼 아무 말 없이 가만히 있던 셰임이 뜻밖에도

입을 열었다. 부끄러움이 많은 그가 옆을 지켜 주는 것만으로도 감격이거늘, 이렇듯 먼저 입을 열어 상대하는 것을 보니 기분이 새롭다.

—맞아. 우리가 왜 무서워해야 하는데?

—마족이 뭐 별건가? 흥!

마차 위에서 듣고 있던 이노센트까지 합세했다.

"정령들은 원래 제 주인을 닮는 건가?"

데스 딴에는 그렇게 생각할 수밖에 없었다.

그는 그저 신기해서 그런 말을 했을 뿐, 딱히 그들이 자신을 무서워하길 바라는 것은 아니었다. 오히려 이상하게 이런 상황이 마음에 들었다.

'수천 년을 살면서 처음 겪는 일이라 그런 건가?'

그런 감정에 본인 스스로가 가장 놀라는 중이기도 했다.

"전에 정령을 봤던 적이 있다고 했죠? 지금이라도 그것에 관해 말씀해 주실 수 있나요?"

"뭐, 어려운 일은 아니니까."

"혹 정령계가 멸망한 이유에 대해서도 알고 계십니까?"

"…자세히는 몰라. 다만 건드려선 안 되는 걸 건드렸기 때문이라는 건 알지."

"건드려선 안 되는 걸 건드렸다고요? 그게 뭐죠?"

"나도 몰라. 신이라고 해서 다 아는 건 아니거든."

"네에…… 하면 전에 보셨다던 정령들은 어떻게 생겼었나요? 스피넬이나 셰임과 비슷한 생김새를 갖고 있던가요?"

"아니, 내가 본 건 물의 상급 정령이라서."

과거 데스가 봤던 물의 상급 정령은 독수리의 외형을 하고 있었다. 투명한 물빛을 머금은 채 날개를 휘젓는 모습이 퍽 인상적이었다.

"근데 어쩌다 보신 겁니까?"

"…어?"

"마계의 신께서 물의 상급 정령을 보신 이유가 궁금해서요."

"그건…… 알 것 없어."

돌연 데스의 목소리가 냉랭해졌다. 무슨 사연인지는 모르겠으나, 물어선 안 될 것을 물은 건 확실했다.

갑작스레 마차 안에 정적이 찾아왔다. 원래부터 조용하던 이들은 그런가보다 싶었지만, 바율은 여간 어색한 게 아니었다.

이럴 때 템페스타라도 떠들어 주면 좋으련만, 녀석은 좀 전에 왜 우리가 마족을 무서워해야 하냐고 소리치고는 휙 밖으로 나가 버렸다.

'이럴 줄 알았으면 같이 마차를 타지 않는 거였는데…….'

후회하기에는 이미 늦었다. 바율은 그저 한시라도 빨리 성에 도착하기를 비는 수밖에 없었다.

2.

마차를 이용하다 보니 시간이 제법 걸렸다. 바율과 일행은 거의 저녁 무렵이 돼서야 본성에 도착했다. 중간에 템페스타가 돌아와 마차 속 분위기가 조금 나아지긴 했지만, 데스의 표정은 여전히 별로였다. 대체 물의 상급 정령과 무슨 일이 있었기에 그러는 것인지 새삼 궁금할 지경이었다.

데릭을 태운 마차는 곧장 그의 저택으로 향했다. 사촌 형을 감금해야 한다는 사실이 바율로 하여금 죄책감을 느끼게 하였지만, 아버지가 돌아오시기 전까지는 어쩔 도리가 없었다.

"바율 도련님! 바율 도련님!"

캐링스턴에서 그러했듯이, 마차가 서자마자 리타가 헐레벌떡 뛰어왔다. 다른 하인들도 나와 바율을 반겼지만, 리타의 극성을 따라갈 자는 없었다.

"어디 다치신 곳 없으세요? 광산 일은 잘 마무리하신 거죠? 무사히 돌아오셔서 정말 다행이에요!"

얼음 광산이 있는 곳이 워낙에 험악한 지대이다 보니 걱정이 이만저만이 아니었다. 리타가 바율의 주위를 뱅뱅 돌며 어디 상한 곳이 없나 주의 깊게 살폈다.

"리타, 다들 보고 있어. 적당히 해."

"…왜요? 제가 창피하세요?"

"그게 아니고, 광산에 갇힌 인부들을 구하고 돌아오는 길이잖아. 나를 걱정할 게 아니라 그들을 먼저 걱정했어야지."

"그거야 그렇지만……."

저한테는 도련님이 더 소중하다고요!

리타의 뒷말은 듣지 않아도 충분히 알 수 있었다. 그 마음을 어찌 모르겠는가.

바율이 고맙다는 듯 리타의 머리를 다정히 쓰다듬으며 물었다.

"여긴 별일 없었지?"

"네, 뭐. 똑같죠. 식사는 하셨어요?"

"바율 도련님 오셨습니까?"

리타가 바율의 식사를 챙기려 할 때, 집무실에서 업무를 보고 있던 커닝 집사가 뒤늦게 달려와 바율에게 인사했다.

"네, 커닝 집사님. 잘 다녀왔습니다. 그리고 광산의 인부들은 모두 무사하니 걱정하지 않으셔도 됩니다."

그가 묻기도 전에 바율이 소식을 전했다.

"하아! 다행입니다!"

안 그래도 그 점을 염려하던 차였다. 커닝 집사가 안도하자 몰려 있던 하인들도 그제야 안심하며 저마다 탄성을 내뱉었다.

"세상에! 이게 무슨 복이랍니까!"

"아이구, 신이 도우셨네요! 감사해라!"

"한시름 덜었습니다!"

광산이 무너졌는데 사망자가 전혀 없다는 건 진정 신이 돕지 않고는 있을 수 없는 일이었다. 모든 게 란데르트 공작 전하의 덕이라며 칭송하는 말들이 연이어 쏟아졌다.

"자세한 건 들어가서 말씀드리고 싶은데…… 꼭 해야 할 얘기도 있고요."

"…꼭 해야 할 얘기요?"

"네."

아버지가 안 계신 이때, 바율이 의지할 수 있는 건 커닝 집사밖에 없었다. 그에게 먼저 데릭 형에 관한 이야기를 전하고 의견을 구하고 싶었다.

"아, 근데 재스퍼가 왜 안 보이죠?"

안으로 들어가려던 바율은 문득 이상함을 느끼고 멈칫했다. 보통 지금쯤이면 득달같이 뛰어와 바율에게 안겨야 할 재스퍼가 보이지 않았던 것이다.

"혼자 산책이라도 나갔습니까?"

"아, 그게……."

"컹컹!"

리타가 설명하려는 찰나, 저 멀리서 힘껏 달려오는 재스퍼가 보였다. 뭘 하다가 왔는지 몰라도 온몸이 흙탕물로 범벅이었다.

"컹컹컹!"

며칠 만에 만난 주인이 반가워 죽겠는지 녀석이 방방 뛰며 시끄럽게 짖어 댔다.

"그래, 재스퍼. 잘 있었어?"

"컹!"

"근데 꼴이 왜 그래? 왜 이렇게 흥분한 거야?"

단순히 바율이 와서 좋아하는 수준이 아니었다. 분명 뭔가가 더 있었다.

"요사이 푹 빠진 게 있어서 그래요."

"푹 빠져? 뭐에 빠져?"

"보면 놀라실걸요? 그치, 재스퍼?"

"컹컹!"

"뭔데 그래? 왜 둘만 알고 난 모르는 거지?"

"가서 보시면 알 거예요."

리타가 따라오라는 듯 앞장서 걸어갔다. 그리고 그곳에 도착한 순간, 바율은 재스퍼가 왜 그리 좋아서 날뛰었는지 단박에 이해했다.

바율을 맞은 건 재스퍼를 꼭 닮은 녀석의 새끼들이었다. 언제 장가를 간 것인지, 어여쁜 부인과 귀여운 새끼 네 마리가 그의 앞에 나타났다.

바율은 한동안 눈도 떼지 못한 채 생명의 신비를 내려다보았다. 어미의 젖을 찾아 꼬물꼬물 움직이는 녀석들이 너무 대견해서 순간 뭉클하기도 했다.

"녀석, 그렇게 좋아?"

재스퍼가 그런 자식들을 보며 흙바닥을 데굴데굴 굴렀다. 녀석의 몸 상태가 어째서 그리된 것인지 알 수 있는 대목이었다.

"어떻게 된 거야?"

"저도 어제 알았어요. 한참 찾아도 안 보이길래 성내를 다 뒤졌죠. 그랬더니 여기서 이러고 있는 거 있죠?"

리타의 음성은 어쩐지 배신감에 차 있었다.

"도련님과 제가 캐링스턴에 가 있는 동안 연애를 하고 있었나 봐요. 난 그런 것도 모르고 보고 싶은 마음에 가끔 밤마다 울기도 했었는데 말이죠. 어쩜 저럴 수가 있죠?"

"컹컹!"

"시끄럽거든! 뭘 잘했다고 그래?"

리타가 머리를 쥐어박는 시늉을 하자 재스퍼가 재빨리 뒤로 사사삭 물러났다. 행동 하나는 역시나 빠른 녀석이었다.

"저 어미 개는 어디서 온 거야? 난 처음 보는 것 같은데."

"저도 모르겠어요. 이건 그냥 제 생각인데요. 산책하러 나갔다가 마주친 게 아닐까요?"

"산책하다가?"

"네, 밖에서 부인을 데리고 온 셈이죠."

"그것도 임신한 부인을 말이지."

"사고 한번 제대로 쳤다니까요."

리타가 밉살맞다는 듯 재스퍼를 흘겨보았다.

"일단 먹을 것 좀 잘 챙겨 줘. 새끼들 젖 먹이려면 많이 힘들 거야."

"그러잖아도 오늘 아침부터 고깃국 끓여다가 바치는 중이랍니다. 저기 빈 그릇 보이시죠?"

리타가 가리키는 곳에는 설거지까지 마친 듯한 깨끗하게 빈 그릇 하나가 놓여 있었다. 남기지 않고 다 먹은 걸 보면 다행히 어미 개의 건강 상태는 좋은 모양이었다.

"이름부터 지어 줘야겠지? 뭐라고 부를까?"

재스퍼에게 짝이 생겼다. 새로운 식구가 생긴 것이다. 어미는 물론 네 마리 새끼에게도 각각 이름을 지어 주려면 머리 좀 써야 할 것 같았다.

"저는 우선 루비라고 부르고 있어요."

"루비?"

"네, 재스퍼도 보석 이름이잖아요. 그래서 보석 중에 어울리는 이름이 뭐가 있을까, 하다가 아는 보석 이름 중에서 그나마 루비라는 말이 제일 예쁜 것 같아서요."

"괜찮네. 루비. 마음에 든다."

"정말요?"

"응, 난 좋아. 재스퍼, 넌 어때? 앞으로 루비라고 부를까 하는데, 괜찮겠어?"

"컹컹! 컹컹컹!"

녀석이 또 흥분해서 마구 짖어 댔다. 무조건 좋다는 뜻이었다.

"루비에게 완전히 빠진 것 같네."

"그러니까요. 좀 괘씸하지 않으세요?"

"서운한 마음이 전혀 없는 건 아니지만, 이렇게 예쁜 새 식구가 다섯이나 생겼잖아. 그건 너무 좋은데?"

"뭐, 귀엽기는 하죠……."

말은 퉁명스러워도 루비와 새끼들을 바라보는 리타의 눈

빛은 한없이 따뜻했다. 그녀도 어쩔 수 없는 동물 사랑꾼이었다.

"재스퍼, 네 자식들도 가드견으로 잘 키울 수 있겠어?"

"컹컹!"

"진짜 자신 있어?"

"컹!"

자신만 믿으라는 듯 재스퍼가 고개를 꼿꼿이 들고는 대답했다. 그 늠름한 모습에 바율은 일단 합격점을 내렸다.

"알겠어. 얼마나 훌륭하게 키워 내는지 내가 지켜볼 거니까 잘해야 한다?"

"컹컹!"

부모가 되어서일까. 며칠 사이에 재스퍼가 훨씬 듬직해진 느낌이었다. 강아지 때부터 키웠던 녀석인데, 어느새 이렇게 훌쩍 자라 자식까지 낳았다니. 새삼 신기하면서 묘한 기분이었다.

"그럼 이따가 다시 보자. 지금은 내가 할 일이 좀 있거든."

재스퍼의 머리를 장난스럽게 흐트러뜨린 바율이 루비와 새끼들에게 인사를 하고 자리를 떴다. 그가 향하는 곳은 좀 전에 이야기했던 커닝 집사의 집무실이었다.

3.

"그, 그게…… 진정 사실입니까?"

얼음 광산에서의 일을 모두 전해 들은 커닝 집사는 쉬이 말을 잇지 못했다. 경악한 그의 표정이 그가 지금 얼마나 놀란 상태인지를 대신 말해 주었다.

"저도 믿기 힘들었지만, 모두 사실입니다. 광산의 책임자인 벨고프스키 씨와 광물을 빼돌리는 데 일조했던 인부들이 전부 실토하였습니다."

"아니, 데릭 도련님께서 어쩌시려고 그런 짓을……!"

"광물을 훔치는 건 중죄라고 알고 있습니다. 사촌이라는 이유만으로 그냥 덮어 줄 수는 없었어요."

"그럼은요! 얼음 광산의 광물은 해밀턴의 큰 수입원입니다. 질에 약간씩 차등이 있기는 하나, 대부분이 고가에 거래가 될 정도로 품질이 우수하기로 정평이 나 있습니다. 데릭 도련님께서는 대체 얼마 동안이나 광물을 빼돌리신 거죠?"

"거기까지는 저도 잘 모르겠습니다. 워낙에 모르쇠로 일관하셔서 더 조사할 수가 없었어요."

증거와 증인이 없었더라면, 아니, 템페스타가 아니었면 바율은 꼼짝없이 데릭의 말을 믿었을 것이다. 그의 이중성은 모든 게 드러난 지금도 놀라웠다. 적어도 바율이 원래

알던 사람은 절대 아니었다.

"하면 지금 이언 경이 저택을 지키고 계신 겁니까?"

"네, 만월 기사단을 몇 분 더 보내야 할 것 같아서 커닝 집사님께 말씀드리는 겁니다."

"후우, 그래야지요. 영주님께서 돌아오실 때까지 지시하신 대로 행하겠습니다."

"불편하신 마음 이해합니다. 저 역시 이렇게 하는 것이 맞는 건가 싶기도 하거든요."

"아뇨. 영주님께서 돌아오시면 아마 잘하셨다고 칭찬하실 겁니다. 도련님의 빠른 판단과 일 처리로 광산의 인부들도 살렸고, 데릭 도련님의 범죄도 찾아냈으니까요. 장하십니다."

커닝 집사의 칭찬은 진심이었다.

변해도 너무 변했다 싶을 만큼 많이 달라지셨다. 처음 얼음 광산 일을 해결하러 가신다고 하셨을 때만 해도 이런 결과를 상상하지 못했었다. 그저 인부들을 다독이고 오시는 정도로만 끝날 줄 알았는데, 아무래도 그의 생각보다도 더 큰 인물이 되신 듯하다. 그래서 커닝 집사는 더욱 뿌듯했다.

"먼 길 다녀오느라 피곤하실 터인데 이제 좀 올라가서 쉬십시오. 마무리는 제가 대신하겠습니다."

"부탁드릴게요."

커닝 집사라면 완벽하게 매듭을 지을 것이다. 바율은 그를 믿고 좀 쉬기로 했다.

"커닝 집사님! 잠시 나와 보셔야 할 것 같습니다!"

바율이 막 인사를 한 후 커닝 집사의 집무실을 나서려는 순간이었다. 갑자기 밖에서 급박한 목소리가 전해졌다.

"무슨 일이냐?"

바율은 왠지 불길한 예감에 휩싸였다.

아니나 다를까.

커닝 집사를 따라 밖으로 나간 그의 앞에 등장한 건 지난 2년간 한 번도 뵙지 못했던 작은어머니였다. 데릭 형님에게는 어머니인 라메리스 여사가 바율을 만나러 친히 본성을 방문한 것이다.

"…작은어머니, 그간 안녕하셨습니까?"

그녀의 예상치 못한 방문에 당황하긴 했지만, 바율은 이내 침착하게 예를 올렸다.

"내가 안녕할 수 있을 리가 없지 않겠느냐?"

작은어머니의 음성은 송곳처럼 예리했다. 그녀가 왜 여기까지 왔는지는 충분히 짐작이 가고도 남는 상황이었다. 아무래도 긴 대화가 필요하리라.

"이쪽으로 모시겠습니다."

커닝 집사의 안내로 바율과 라메리스가 조용히 자리를 옮겼다.

4.

"차를 내오라 하겠습니다."

"자네는 나가 있게."

라메리스가 커닝 집사를 쳐다보지도 않은 채 날카롭게 명령했다.

"말이 새어 나가지 않도록 주변을 무르도록 하고."

"…네, 작은 마님. 필요한 것 있으시면 언제든 불러 주십시오."

바율만 홀로 남겨 두고 가는 것이 못내 걸리는 듯 커닝 집사의 발걸음이 느렸다. 바율은 부러 괜찮다는 의미의 눈빛을 보냈지만, 그를 안심시키기엔 턱없이 부족했다.

"내 다 들었다. 네가 데릭을 감금시키라 명했다고?"

"…그렇게 되었습니다, 작은어머니."

"어째서 그리한 것이냐? 데릭이 무슨 큰 죄를 지었다고 만월 기사단까지 동원해서 핍박하는 것이야?"

"핍박이라니요. 당치 않으십니다. 저는 단지 만일을 대비하고자……."

"만일? 무슨 만일을 말하는 것이냐? 데릭이 도망이라도 칠 거란 뜻인 게냐?"

"…두려운 마음에 능히 그러실 수 있다고 판단하였습니다."

"판단이라! 대체 네가 뭐기에 판단을 한단 말이냐? 데릭은 네 사촌 형이다. 어찌 가족에게 그런 짓을 할 수 있는 거지?"

"화가 나신 작은어머니의 심정은 십분 이해합니다. 많이 놀라셨겠지요. 하오나 형님은 죄를 지으셨습니다. 그 죄질도 결코 가볍지 않고요."

"광물을 조금 가져다 썼다지?"

"…조금인지 아닌지는 조사를 통해야 알 수 있습니다."

기실 '가져다 썼다'는 건 매우 적절하지 않은 표현이었다. 하지만 굳이 그걸 지적해서 작은어머니의 심기를 더 어지럽히고 싶지는 않았다.

"그래도 사촌 형인데, 때가 때이니만큼 눈감아 줄 수는 없었더냐?"

"…예?"

"지금 데릭의 상황이 어떤지는 알기나 하느냐 말이다."

"상황이라니요? 대체 무슨 말씀을 하시는 건지……."

"다름 아닌 레드윈 백작 가문의 장녀와 혼담이 오가는 중이다. 이렇게 중한 때에 이런 불미스러운 일이 터지면, 혼인이 순조롭게 성사되겠느냐? 어찌 이리 생각이 없어!"

바율은 황당한 나머지 입도 벙긋 못 하고 눈만 끔벅거렸다.

죄를 지은 건 자신이 아니라 데릭 형이었다. 한데 난데없이 찾아와 이게 무슨 말도 안 되는 소리란 말인가.

어머니로서 속상한 마음은 이해할 수 있으나, 이런 식의 발언은 전혀 납득할 수가 없었다.

지금은 혼담이 문제가 아니질 않은가?

그간 인자하게만 보았던 작은어머니의 또 다른 모습에 바율은 가히 충격적이었다.

"데릭이 잘했다는 게 아니다. 녀석이 실수를 조금 하긴 했지. 하지만 네 사촌 형이잖니. 어찌 봐줄 생각은 요만큼도 않고 이럴 수가 있단 말이냐! 내가 도저히 분해서 가만히 있을 수가 없어 이리 찾아왔다!"

작은어머니의 목소리가 점점 높아졌다.

"뜬금없이 만월 기사단이 저택을 지키면 다들 뭐라 생각하겠느냐? 뭐? 한 발자국도 나갈 수 없어? 어디서 버릇없이 그런 망발을……! 이 얘기가 레드윈 백작가에 들어가기라도 하면 어찌 책임질 생각인 게냐? 어?"

라메리스가 이젠 부들부들 몸까지 떨며 바율을 노려보았다.

"작은어머니, 우선 진정하시고 제 말 좀 들어 봐 주십시오."

"내가 지금 진정을 하게 생겼느냐? 혼인이라는 중차대한 일을 앞둔 녀석의 창창한 앞날을 네가 다 망치고 있지 않느냐!"

막무가내인 라메리스의 태도에 바율은 어이가 없었지만 차분해지려 노력했다.

"데릭 형님의 창창한 앞날을 망친 건 제가 아닙니다."

"뭐야?"

"그건 데릭 형님 본인이십니다. 제가 데릭 형님에게 도둑질을 하라고 시키기라도 했습니까?"

"도, 도둑질? 감히 지금 네가 데릭이 도둑질을 했다고 하였느냐?"

이쯤 되자 바율도 가만히 듣고 있기가 거북했다. 혼담이 깨진다면 그건 모두 데릭 형님의 잘못이었다. 그걸 대체 왜 자신에게 와서 따진단 말인가?

"인부 몇몇을 매수하며 광물을 마음대로 빼돌리셨습니다. 그게 도둑질이 아니면 뭐란 말입니까?"

"허허, 변해도 너무 변했구나. 어찌 그 순하던 네가 그따위 막말을 내뱉을 수 있는 거지?"

바율을 향한 라메리스의 눈빛이 기가 찬다는 듯 타올랐다.

"네, 작은어머니. 제가 약골에 순하긴 했었지요. 하지만 이 문제는 그것과는 전혀 상관이 없습니다. 제가 전과 같았다 하더라도 똑같이 처리하였을 겁니다."

아픈 몸이 나으면서 전보다 당당해지고 사람을 대하는 태도에도 변화가 온 것은 부정할 수 없는 사실이었다. 하나 그것이 이번 일을 해결하는 데 영향을 끼친 바는 거의 없었다.

이건 도덕의 개념이었다. 개인의 영달을 위해 시의 재산을 빼돌린 것을 어찌 두고 볼 수 있느냐 말이다.

작은어머니나 데릭 형이나 이렇듯 화를 낼 게 아니라 용서를 구하는 게 옳았다.

"다시 한번 말씀드리지만, 죄를 지은 건 데릭 형님이십니다. 전 그에 합당한 절차를 밟았을 뿐이고요."

"융통성이 그리 없어서야 이 험한 세상을 어찌 살아갈지 걱정이구나! 사촌 형의 잘못이면 한 번쯤 그냥 지나쳐 줄 수도 있을 것인데, 그게 그렇게 어렵더냐?"

"단순한 실수였다면 저도 그리하였을 겁니다."

"이번 일이야말로 단순한 실수다. 다시는 그리하지 않겠다고 내가 대신 약조라도 하마. 마침 바깥어른들도 안 계시고 하니, 조용히 넘어가 주면 안 되겠느냐?"

결론은 그거였습니까?

모든 걸 없던 일로 하자는 말을 참 여러 번 돌려서 말씀하십니다.

바율은 허탈함에 속으로 작은 헛웃음을 뱉었다.

"이미 말했다시피 중요한 혼담이 오가는 중이다. 레드윈 백작가가 어떤 가문인지는 따로 설명하지 않아도 알 거라고 생각한다."

"……."

"만일 이번 일로 혼담이 깨진다면 그건 모두 너의 책임이 될 것이다. 그걸 감당할 수 있겠느냐?"

이건 마치 협박을 당하는 느낌이었다. 아버지가 계셨어도 이리 나오셨을까?

아니, 절대 그러실 수 없었을 것이다.

그 점이 바율을 더 실망감에 들게 하였다.

"지금 책임이라고 하셨습니까?"

"그래! 우리 가문이 망신당하기 직전 아니더냐? 그걸 자초하고 있는 게 바로 너이고. 설마 그런 단순한 사실도 모르는 건 아니겠지?"

"당연히 너무나 잘 알고 있습니다. 가문의 망신을 자초하고 있는 건 제가 아니라 데릭 형님이라는 것, 그리고 작은어머니께서도 그에 협력하고 계신다는 것을요."

"뭣이라?"

라메리스의 얼굴이 있는 대로 구겨졌다. 이쯤 하면 알아먹었을 거라 여겼는데, 처음과 달라진 것이 전혀 없었다.

"그러니 제게 책임을 떠안길 생각은 하지 마십시오. 저는 잘못한 것이 없습니다."

"그러니까 네가 그냥 없던 일로만 해 주면 깔끔하게 해결될 문제가 아니냐? 왜 이렇게 말이 안 통하지?"

"없던 일로 할 수가 없으니까요."

바율은 단호하게 나갔다.

"몇 번을 말씀하셔도 저는 제 생각과 판단에 변함이 없습니다. 아버지가 안 계실 땐 제가 이 성의 주인입니다. 아버지께선 무언가 결정할 상황이 오면 주저 말고 소신껏 행하라 말씀하셨고요. 이것이 저의 소신입니다."

"하핫! 사촌 형을 궁지로 모는 것이 너의 소신이라고?"

"지은 죄가 있다면 벌을 받는 것이 마땅하다는 게 제 소신이라는 뜻입니다."

바율은 작은어머니를 바라보며 또박또박 대꾸했다.

"못 본 사이에 참으로 건방져졌구나."

라메리스가 혀를 차며 연신 고개를 저었다.

"예전의 모습이 전혀 보이지가 않아. 바일이 죽고 방에서 나오지도 않았다고 들었거늘, 아카데미에 죄책감을 두고라도 온 모양이지?"

어째 데릭 형과 패턴이 비슷했다. 말문이 막히면 바일 형을 들먹여 자신을 공격하려 한다. 그럴 때마다 흔들리는 건 사실이지만, 이제 전처럼 위축될 정도는 아니었다.

"네가 계속 그렇게 나온다면 나도 가만히 당하고만 있지는 않겠다."

"…무슨 뜻으로 하시는 말씀입니까?"

"내 모든 힘을 동원해서 네 앞길을 막을 것이야. 내 아들의 앞을 막으니 나라고 별수 있니? 끝까지 가는 수밖에."

라메리스의 얼굴이 표독스럽게 반짝였다. 과거 바율이 기억하는 작은어머니의 모습이 절대 아니었다. 그간 대체 무슨 일이 있었던 것인가.

"하기야, 공작가의 후계자로서 뛰어난 데릭이 거슬리긴 했겠지. 그래도 이건 아니란다. 이깟 일로 이렇게까지 나오는 건 누가 봐도 너의 실수야. 내 남편이 얼마나 어이없어할지 눈에 선하구나."

"제가 아는 작은아버지라면 저와 생각이 같으실 겁니다. 마음은 아프시겠지만, 정당하게 처리하실 분입니다. 저의 아버지 또한 마찬가지이고요."

"과연 그러할까? 친아들이 조카에게 이 같은 핍박을 당했는데, 아비로서 정녕 가만히 있을 것 같으냐?"

"지금 작은어머니께서 저를 핍박하고 계신다는 생각은 안 하십니까? 말도 안 되는 억지를 부리시는 것도 작은어머니이십니다."

바율은 정말 이 말만은 하지 않으려고 했는데, 이리 자신을 몰아가려 하니 어쩔 수가 없었다.

"그리고 제 앞길을 막으시겠다고요? 무슨 수로 말입니까? 제 아버지가 어떤 분이신지 그새 잊으신 겁니까?"

"……!"

"이제야 생각이 나신 얼굴이네요. 맞습니다. 전 이 제국에 살아 있는 전설이라 불리는 아버지의 유일한 아들입니다. 만약 누군가의 앞길을 막아야 한다면, 작은어머니보다는 제 위치가 훨씬 유리하지 않겠습니까?"

"무, 무어라? 감히 어찌 네가……!"

"제 앞에서 '감히'라는 말씀 거두십시오. 그건 작은어머니께서 하실 표현이 아닙니다."

바율은 어느 때보다 진중하고 힘 있게 상대를 쳐다보며 말했다.

"그리고 한 번만 더 데릭 형님을 공작가의 후계자이니 어쩌니 거론하시면, 즉시 아버지께 말씀드릴 겁니다. 데릭 형님도 그런 말을 하시더군요. 처음엔 그냥 그렇게 생각했을 수도 있겠다 싶었는데, 이제 보니 딴마음이 있으신 게 아닐까 싶어서 말입니다."

"따, 딴마음이라니?"

"저야 무섭지 않으시겠죠. 하지만 아버지를 상대할 자신
은 있으신 겁니까? 아버지께서 마음만 달리 드시면 작은어
머니께서 그토록 원하시는 혼담을 말 한마디로 깨실 수 있
는 분이라는 거, 저보다 더 잘 아실 텐데요?"

라메리스의 얼굴이 하얗게 질렸다.

눈앞의 소년은 자신이 아는 바율이 아니었다. 조금만 윽
박지르면 어떻게든 될 거라 생각하고 부랴부랴 왔건만, 못
본 사이에 완전히 다른 사람이 되어 있었다.

지금 이런 모습을 보고 누가 열여섯 살이라고 믿겠는가?

괜히 엄한 벌집을 건드린 꼴이었다. 잘못했다간 그녀까
지 쫓겨날 판이다. 완고한 남편이 이 사실을 알게 되면 어
찌 나올지 그것도 걱정이었다.

"이제 그 정도 하셨으면 돌아가십시오. 오늘의 만남은
저만 아는 것으로 하겠습니다."

"…진심이냐?"

"여기까지 오시는 동안 마주친 이들까지 제가 책임질 수
는 없겠지요. 다만 성내 식구들의 입단속은 알아서 하겠습
니다."

그제야 그녀는 아차 하고 제정신이 드는 느낌이었다. 데

릭을 감금시켰다는 것에 분노하여 앞뒤 재지 않고 무조건 달려왔다.

누가 보았을까. 이러고 있을 때가 아니었다.

"데릭 형님 일은 아버지께서 돌아오시는 대로 처리할 생각입니다. 허니 그때까지는 작은어머니께서도 자중해 주십시오. 말씀하신 대로, 보는 눈들이 많지 않겠습니까? 얌전히 계시는 것만이 지금으로선 최선일 겁니다."

얄미울 정도로 맞는 말만 하는 바율이었다.

대체 무슨 일이 있었기에 이토록 변한 것이지?

바율을 볼수록 라메리스는 그런 생각만 계속하게 되었다.

"배웅은 나가지 않겠습니다. 안녕히 가십시오."

씩씩대며 왔던 것이 민망할 정도로 라메리스가 조용히 퇴장했다. 격렬했던 그녀와의 설전이 끝나자 바율은 맥이 탁 풀렸다.

이제껏 나는 무엇을 보고 있었던 건가?

작은어머니와 데릭 형은 분명 바율에게는 가족이었다. 작은아버지의 식구들이니 너무나 당연했다.

한데 여태 그들을 전연 모르고 있었다는 생각이 든다. 처음에는 그저 실망이었다면, 이후엔 놀랍기까지 했다. 지금껏 작은아버지에게선 단 한 번도 본 적 없는 모습들이었기 때문이다.

작은아버지께선 알고 계실까?

'아니, 모르실 거야.'

과다한 업무로 늘 바쁘신 분이었다. 출장이 잦으시니 집안엔 그만큼 신경을 쓰지 못하셨을 수도 있을 것이다. 어쩌면 돌아와서 이 모든 사실을 아시면 자신보다 더 놀라실 수도 있었다.

한없이 마음이 무거워진다. 작은아버지를 위해서라도 이 일을 그냥 덮었어야 했나 싶을 정도로 혼란스러웠다.

하지만 바율의 양심과 신념이 그럴 수 없다고 결정지었다.

'만약 바일 형이 살아 있었더라면 어땠을까? 나와 다른 선택을 했을까?'

아니, 결코 다르지 않았을 것이다. 아버지는 자신들을 그렇게 가르치지 않으셨다. 만일 자신이 이번 일을 그냥 넘긴다면, 오히려 아버지께 실망을 안겨 드리는 꼴이 될 것이다. 아버지와 형을 위해서라도 바율은 물러설 수 없었다.

'휴우, 아버지께서 빨리 돌아와 주셨으면 좋겠는데.'

고단함에 절로 한숨이 새어 나왔다.

"도련님! 식사하셔야죠!"

그때 리타가 기다렸다는 듯 밝은 목소리로 바율을 찾아왔다.

"제가 도련님 입맛에 맞는 걸로 한 상 거하게 차려 놨어요! 어서 식당으로 가세요!"

"오랜만에 리타의 특별식을 맛보는 건가?"

"그럼요! 고생하고 오셨으니까 몸보신하셔야죠!"

발랄한 말투와 달리, 바율을 살피는 기색이 걱정으로 가득했다. 밖에서 몰래 엿들은 게 분명했다.

"마침 배가 고프던 참이야. 가자!"

그걸 눈치챈 바율은 부러 더 씩씩하게 대꾸하며 일어섰다. 오늘은 맛있게 저녁을 먹고 푹 쉴 참이었다. 그러면 어느 정도 머릿속이 비워지겠지.

방금 전의 일을 잊기 위해 고개를 저어 가며 바율은 서둘러 식당으로 향했다.

Chapter 6.
면담의 최후

1.

"이것들이 우리의 고기를 앗아 간 원흉이라 이거지……."

데스가 팔짱을 낀 채 무서운 눈길로 상대를 응시했다.

"감히 나의 고기를 넘봐? 여기가 마계였다면 능지처참감
이로군."

농담이 아니었다. 정녕 이곳이 마계였다면 실제로 일어
날 수 있는 일이었다.

하지만 안타깝게도 여긴 마계가 아니었고, 적수(?)가 너
무 어렸다. 아직 눈도 뜨지 못한 상태인지라 데스의 시선
에 겁을 먹기는커녕 이리저리 분간 못 하고 부산하기만 했
다.

이쪽을 쳐다보기라도 해야 협박을 하든 으름장을 놓든 다음 진도를 나갈 터인데, 데스에게는 영 관심조차 없었다. 사실 데스의 존재 자체를 알지 못한다는 게 맞는 말이었다.

"컹! 컹컹!"

유일하게 대응을 하는 건 바율의 가드견인 재스퍼였다. 녀석이 아내와 자식을 지키고자 축사 앞에서 한 발자국도 움직이지 않는 통에 실상 가까이 다가가지도 못하고 있었다.

"넌 내가 무섭지도 않나 보지?"

데스가 살기를 조금만 뿜어내도 짐승들은 도망가기 마련이었다. 한데 이놈의 개는 뭘 잘못 먹었는지 외려 더 시끄러워지기만 한다.

마계의 내로라하는 변신수도 감히 고개를 들지 못하는 경우가 대다수인데, 정말이지 특이한 녀석이었다.

"그 주인에 그 개가 아닌가 싶습니다."

아몬의 추측에 데스도 어느 정도 동의한다는 듯 고개를 까닥였다.

"제 주인이 날 무서워하지 않으니 나와 제 놈이 동등하다고 여기는 건지도 모르겠군."

"거기에 지금은 자식을 지키려는 부성애가 작용한 게 아니겠습니까?"

"부성애?"

생전 그런 단어는 처음 들어 본다는 듯 데스의 표정이 차가워졌다.

"모든 생명체는 자기 자식을 보호하려는 본능이 있다고 합니다. 아마도 그 본능이 발현된 게 아닐까 싶네요."

"…웃기지도 않는 본능이군."

갑자기 짜증이 확 밀려왔다.

리타가 오랜만에 고깃국을 끓이는 것을 보고 당연히 본인의 것이라 여기고 기다렸건만, 그 고기의 목적지는 다름 아닌 이곳이었다. 새끼들을 위해 배불리 먹어야 한다는 이유로, 어미 개에게 자신들도 먹지 못하는 귀한 고깃국을 내주고 있었던 것이다.

하니 데스가 어찌 분노하지 않을 수 있겠는가?

성내의 궂은일이란 궂은일은 다 도맡게끔 시키면서, 현실은 개보다 못한 취급을 받고 있었다. 이건 정식으로 항의를 하고도 남을 법한 심각한 사안이었다.

"컹컹! 컹컹컹!"

데스의 매서운 눈길이 지속되자 재스퍼가 꺼지라는 듯 크게 짖어 댔다.

"갸잖아서 못 봐 주겠군."

보통 때였다면 벌써 모가지가 날아갔을 것이다. 하지만 바율과 한 약속이 있기에 조용히 주먹을 그러쥐며 인내하는 데스였다.

—되게 약 올랐나 보네?

아까부터 그 모습을 키득거리며 바라보던 템페스타가 더는 참지 못하고 끼어들었다.

—왜 보고만 있는 거야? 힘을 조금만 개방하면 바로 깨갱 할 텐데.

"그리고 넌 바로 바율에게 가서 이를 거고?"

—어떻게 알았지? 너 엄청 똑똑하구나?

"네가 멍청한 거겠지."

—뭐야?

데스의 비웃음에 템페스타의 귀여운 얼굴이 일그러졌다. 얼음 광산에서 돌아온 이후로 템페스타는 홀로 사명감을 갖고 마족들의 일거수일투족을 감시하는 중이었다. 굳이 바율이 시키지도 않은 일인데 말이다. 아무래도 데릭 건으로 재미를 붙인 게 분명했다.

"계속 감시하고 싶으면 조용히 따라다니기나 해. 쓸데없이 입 놀려서 시간 빼앗지 말고."

—별로 안 바빠 보이던데?

"……."

─바르는 요리를 배우느라 식당에만 있으니 그렇다 치지만, 넌 하는 일이 아무것도 없잖아. 가끔 하는 청소도 아몬이 담당하고 있고.

"…네가 보는 게 다가 아니거든."

─내가 볼 수 없는 게 있던가? 난 가지 못하는 곳이 하나도 없는데?

템페스타는 바람의 정령이었다. 녀석이 조금만 귀를 기울이면 성내에서 듣지 못할 소리가 없었다. 그 소리에 맞춰 바람 같이 이동하여 바로 현장을 목격할 수 있는 최고의 조력자. 템페스타는 그런 자신에게 자부심이 아주 강했다.

"그리 장담하면 안 될 텐데……."

─또 마족 부심을 부리는 건가?

자신을 포함한 정령들이 마족을 무서워하지 않는다며 건방진 소리를 지껄인 걸 템페스타는 아직 기억하고 있었다. 그래서 언제고 꼭 복수(?)를 해 주리라 마음먹고 주시하는 것이기도 했다.

"그 부심이라는 걸 당최 누가 부리고 있는지 모르겠군."

"제 말이 그 말입니다, 사령관님."

상대해서 이로울 게 없다는 건 진즉에 파악했다. 하인으로 남기 위해선 감당해야 할 몫이기에 참는 것일 뿐, 템페스타가 결코 예뻐서 봐주는 것이 아니었다.

"날 자꾸 자극하지 마라. 내가 이러다 변덕을 부릴 수도 있으니까."

―변덕? 그게 뭔데?

"너를 당장 이 자리에서 소멸시킬 수도 있는 마음 같은 거랄까?"

―뭐, 뭐라고?

당황한 템페스타가 데스에게서 훌쩍 멀어졌다.

"그러니 내가 변덕을 부리지 않도록 좀 얌전하게 굴면 좋겠단 이야기지. 내 인내심은 그리 대단하지가 않아서 말이야."

―나한테 그랬단 봐! 바욜이 절대 가만히 안 있을걸!

"해서 지금 버티고 있는 거 안 보이나? 나도 당장은 그럴 일이 없길 바란다고."

"네, 사령관님. 일단은 참으셔야죠. 바르 형님께서 요즘 잠도 줄여 가며 열심히 배우고 계십니다. 조금만 더 기다려 보십시오."

"나 원, 그 자식을 언제까지 믿어야 할지……."

데스가 살면서 가장 후회되는 것 중 하나가 바르를 요리사로 삼은 것이었다. 바꿔 보지 않은 건 아니지만, 어째 마계 요리사의 수준은 다 그 모양 그 꼴인 건지. 개중 바르가 가장 낫다는 게 녀석을 살려 둔 유일한 이유였다.

"그만 가자. 보고 있으니 열만 더 받는군."

근래 고기를 구경조차 못 했기에 살짝 예민한 상태였다. 한낱 짐승에게 순위가 밀린 것이 자존심은 좀 상하지만, 새끼이니 넘어가 주기로 했다. 사실 리타에게는 직접 따질 용기도 없었다. 그랬다간 잔소리만 실컷 들을 것이 뻔했으니까.

"그래도 꼬물꼬물 기어 다니는 모습들이 좀 귀엽지 않습니까?"

"…저게 귀엽다고?"

"예, 태어나서 처음 봅니다. 저렇게 털이 복슬복슬한 작은 새끼들은."

아몬의 입가에 부드러운 미소가 지어졌다. 한참을 보고 있었는데도 질리지가 않는다. 온종일이라도 볼 수 있을 것 같았다.

"…설마 나중에 한 마리 키운다고 하는 건 아니겠지?"

"제가요?"

"어, 왠지 예감이 불길한데…….."

이제껏 인간계의 동물을 마계로 들인 적은 없었다. 그 반대는 있었어도 말이다. 저런 연약한 동물이 마계의 환경을 버텨 낼 수 있을까?

"에잇, 내가 왜 이런 염려를 하고 있는 거야."

쓸데없는 고민이었다. 그건 그때 가서 아몬이 결정할 일이었다.

"이봐, 템페스타. 바율은 지금 어디 있지?"

―그건 왜?

"할 말이 있어서 그렇다. 내가 그런 것까지 네게 말해야 하나?"

데스가 목소리를 깔며 슬그머니 기운을 끌어모았다.

"컹컹컹! 컹컹!"

그에 루비와 새끼들이 움츠러들자 재스퍼가 미친 듯이 짖기 시작했다.

―바율에게 내가 다 일러 줄 거다!

"그러든지 말든지."

―그리고 지금 바율 바쁘거든? 어디 있는지 안 가르쳐 줄 거지롱!

템페스타가 혀를 샐쭉 내밀며 메롱 하고는 획 사라졌다. 데스가 그 방향을 잠시 쳐다보다가 조용히 덧붙였다.

"돌아갈 때 저 자식은 제대로 한번 손을 봐야겠어."

"말리지 않겠습니다."

아몬도 썩 기분이 좋지는 않았는지 적극 찬성했다.

"그리고 바율 도련님은 이언 경과 함께 계신 듯합니다. 이 층에서 기운이 느껴지네요."

"설마 내가 그걸 모르고 물었겠어?"

"…그거야 그렇긴 한데, 하면 왜 그러신 겁니까?"

"쫓아내려고. 괜히 이유 없이 겁주면 나중에 우리만 번거로워지잖아. 그래서 녀석이 까불 구실을 좀 줬지. 예상대로 덥석 물더군."

그리고 득달같이 날아갔다. 귀찮은 녀석을 보기 좋게 한 방에 해치운 셈이다. 다시 생각해도 참으로 잘한 처사였다.

"그런 깊은 뜻이 숨어 있는지 미처 몰랐습니다."

"이제라도 알았잖아. 그럼 된 거지."

"예, 뭐. 그럼 바율 도련님을 뵈러 가실까요?"

2.

데스가 바율을 간절히(?) 찾던 그 시각, 바율은 이언에게서 데릭에 관한 보고를 듣는 중이었다. 저택의 감시에는 다른 만월 기사단이 투입되었고, 이언은 바율의 수행 기사인 원래의 자리로 돌아왔다.

"작은어머니 말씀으론 주변에 보는 눈들이 많다고 하던데…… 정말 그렇습니까?"

"리암 님은 공작 전하의 동생이시기도 하지만, 도당에서 중책을 맡고 계신 대신이십니다. 본디 그러한 것이니 특별히 걱정하실 필요는 없습니다."

"레드윈 백작가와 혼담이 오가는 중이라고 하시더군요. 그게 깨질까 봐 작은어머니께선 안달복달하신 것이고요."

"어차피 이번 일이 알려지면 성사되지 못할 겁니다. 레드윈 백작의 성정으로 보건대, 절대 데릭 도련님을 사위로 맞지 않을 자입니다."

"작은아버지께서 실망이 크시겠지요?"

"…이해해 주실 겁니다."

"압니다, 저도. 하지만 마음이 영 불편하네요."

아버지를 대신해서 뭔가를 결정한다는 것. 생각보다 그 무게가 가볍지 않다. 이대로 계속 견뎌 낼 수 있을지 그것도 의문이었다.

"바율 도련님께선 옳은 일을 하신 겁니다. 부당한 처우를 행하셨다면 제가 나서서 말렸겠지요. 친족이니만큼 신경이 쓰이시는 건 이해하지만, 죄책감이 지속되면 좋지 않습니다. 판단력이 흐려질 수도 있으니까요."

'판단력……'

그래, 이언의 말이 옳다. 객관성을 유지하지 못하면 분명 바른 판단을 하는 데 어려움이 따를 것이다. 데릭 형님은 누가 봐도 중죄를 저질렀다.

휘둘리지 말자. 난 올바른 일을 했고, 합당한 처사를 내렸다. 한번 결정을 했으면 연연하지 않는 것도 필요하다. 그에 따른 책임을 질 때가 오면, 그때 지면 될 것이다. 지금은 밀고 나갈 때였다.

"이언 경, 감사합니다. 덕분에 머리가 조금 맑아졌네요."

"도움이 되었다니 다행입니다."

"나중 일은 어쩔 수 없겠다만, 우선은 만월 기사단 분들에게 함구하라 전해 주십시오. 작은어머니가 성을 방문하신 일까지 포함입니다."

"뭐라고 하시던가요?"

"그냥 뭐, 데릭 형님의 말과 비슷했습니다. 분위기가 좋지는 않았죠."

"저택에 돌아오시자마자 물건들을 마구 집어던지며 울분을 토하시더군요. 만족하실 만한 대화가 오가지 않았음을 짐작할 수는 있었습니다. 도련님께서 잘 대응하신 듯하여 뿌듯하기도 했습니다."

평소 잘 웃지 않는 이언의 얼굴에 희미한 미소가 잡혔다. 저 미소는 그가 할 수 있는 최고의 칭찬이었다.

"데릭 형은 뭘 하고 있는지 보셨습니까?"

"지금은 방 안에 틀어박혀 나오지 않고 계십니다. 자작부인과 두어 차례 언성을 높이긴 했지만, 길게 가지는 않았습니다."

"릴리스 누나도 알았겠죠?"

한창 신부 수업 중이라는 릴리스 누나에게 피해를 주지는 않을지 바율은 그 점도 염려스러웠다.

"릴리스 아가씨는 데릭 도련님과는 다른 분이십니다. 미안해하시면 하셨지, 바율 도련님을 원망하는 일은 없을 터이니 안심하십시오."

"원망을 받을까 봐 걱정하는 것이 아닙니다. 그저 누나의 앞날을 막을까 그게 걱정이죠⋯⋯."

작은어머니가 와서 했던 말은 어쩔 수 없이 바율의 가슴에 남아 있었다. 데릭 형에 이어 릴리스 누나의 혼사까지 막힌다면 정녕 작은아버지를 뵐 면목이 없을 것이다. 그럴 일만은 일어나질 않기를 진심으로 바랐다.

3.

"제게 하실 말씀이 있으시다고요."

이언 경과 대화를 끝내자마자 데스의 면담 요청이 들어왔다. 벽난로에서 쉬고 있던 스피넬이 그의 등장과 동시에 바율의 옆에 찰싹 달라붙었다.

중급 정령으로 올라서며 기억의 조각을 몇 개 찾은 스피넬은 유난히 마족인 데스를 멀리하며 경계했다. 처음엔 과하다 싶은 그녀의 보호가 부담스럽기도 했지만, 이제는 그러려니 하고 있었다.

어쨌건 스피넬의 모든 행동은 바율을 위한 것이었고, 그녀의 마음 역시 늘 진심이었기 때문이다.

가끔 이노센트와 템페스타에게 막말을 내뱉어서 깜짝 놀라게 할 때도 있었지만, 바율에게만은 예의 바르고 믿음직한 녀석이었다.

"근데 다들 안 보이네?"

어째서 얘뿐이냐는 듯 데스가 스피넬을 턱짓하며 물었다.

"각자 좋아하는 곳을 찾아 쉬는 중입니다."

"좋아하는 곳?"

"네, 마음 편히 쉴 수 있는 그런 공간 말입니다. 당신에게도 그런 곳이 있나요?"

"…나? 나도 있기는 하지."

바율의 갑작스러운 질문에 데스가 얼결에 대꾸했다.

"그곳이 어디인지 여쭤봐도 될까요?"

"말해 주면 알아들을 수는 있고?"

"아, 마계에 있는 곳인가 보죠? 전 인간계를 떠올렸습니다."

꽤 긴 시간을 인간계에서 보내고 있으니, 정령들처럼 혹시 그런 곳이 있을까 하고 물은 것이었다. 바로 마계를 연결 짓지 못한 걸 보면 또 그의 정체를 잠시 잊은 게 분명했다.

"인간계라……."

데스는 무언가 생각하는 듯 고개를 모로 기울이더니 찬찬히 입을 뗐다.

"야시장."

"……?"

"거기 음식들이 맛있더군. 비비안의 숯불 꼬치와 달달한 도넛이 가끔 생각나. 그게 내 입에 제일 잘 맞았거든."

그때가 떠오르는지 데스가 입맛을 다셨다.

"근데 거긴 두 번째고, 내가 인간계에서 제일 좋아하는 곳은 네 옆이야."

"…제 옆이요?"

"그래야 리타가 먹을 걸 많이 주거든. 첫날에 내가 다 파악을 해 놨지."

역시나 기승전 먹거리 얘기였다. 맛있는 음식을 먹으며 행복해하는 이들을 더러 보긴 했지만, 데스처럼 광적인 사람은, 아니, 마족은 처음 보았다.

"이제 알았습니다. 그래서 매번 저희를 구석에 앉히셨던 거군요?"

아몬이 섭섭하다는 듯 일별하자 데스가 턱을 치들었다.

"꼬우면 네가 사령관 할래?"

"…아닙니다. 제가 무슨 수로요."

데스가 본신의 힘을 개방하면 어떤 사태가 일어나는지 가장 잘 아는 것이 아몬이었다. 아몬의 입장에선 얌전히 그를 보좌하는 것이 훨씬 속 편했다.

"언제든 도전해도 좋아. 나도 이 자리 별로거든."

마황의 군대 따위를 이끌려고 태어난 게 아니었다. 다른 일에는 신경 끄고 유유자적한 삶을 사는 것이 현재 데스가 가진 유일한 꿈이라면 꿈일 것이다.

"피곤한 건 딱 질색이야."

"…타고난 힘을 탓하십시오."

"얼른 죽든가 해야지. 너무 오래 살았어."

"수명은 힘에 비례하는 법입니다."

"저 말씀 중에 죄송하지만…… 두 분은 나이가 어떻게 되시는지……?"

둘의 대화를 듣고만 있던 바율이 궁금증을 참지 못하고 끼어들었다.

정령계가 멸망하기 전 정령을 만났다고 했으니 그가 산 세월만 해도 어마어마할 것이다. 마족들은 대체적으로 어느 정도나 살 수 있는지 문득 호기심이 일었다.

"용건이 있어서 온 건 나인데, 왜 자꾸 네가 묻지?"

"…그러게요. 어쩌다 보니 그렇게 되었네요."

"내 나이는 알 것 없어. 언제부터인가 세지도 않아서 나도 까먹었거든."

"제가 알고 있습니다."

아몬이 데스에 관한 것이라면 뭐든 알고 있으니 착한 수하 상이라도 달라는 듯 호기롭게 나섰다. 물론 그 호기는 데스의 서슬 퍼런 눈빛 앞에서 처참하게 무너졌다.

"…죄송합니다."

"요즘 군기가 빠져도 너무 빠졌단 말이지."

"시정하겠습니다."

아몬의 이마에서 식은땀이 한 방울 죽 흘러내렸다.

그저 보기만 했을 뿐인데 저 정도인 걸 보면, 정말 화가 났을 때는 어떨지 바율로서는 짐작도 안 갔다.

바율이 아몬을 돕고자 황급히 대화 주제를 돌렸다.

"데스! 하실 얘기가 뭐였죠?"

"…뭐?"

"제가 지금 좀 바빠서요. 얼른 듣고 일어나게요."

서재에서 조용히 책이나 읽을 참이었지만, 딱히 다른 핑곗거리가 생각나지 않았다.

"내 용무 듣고 나면 그냥 못 나갈 텐데?"

"말씀해 보십시오."

"그만 캐링스턴으로 돌아가는 게 어때?"

"…네?"

무슨 얘기일까 싶어 귀를 기울였던 게 아까울 만큼 뚱딴지같은 소리였다. 방학하고 고향에 돌아온 지 얼마나 됐다고 그새 돌아간단 말인가.

광산 일도 아직 다 마무리되지 않았을뿐더러, 황도에 가신 아버지의 귀환을 기다리기도 해야 했다.

"캐링스턴엔 정령석이 두 개나 있잖아. 새로운 정령석을 찾는 것보다는 그 두 개로 뭔가를 해 보는 게 더 빠르지 않겠어?"

"해 보다니요? 뭘를요?"

"다른 녀석들은 중급 안 만들 거야? 스피넬의 귀걸이가 정령석에서 나왔다며. 네가 건드려서 승급이 된 거고. 그럼 정령석을 찾아서 부수든가 해 봐야지."

"그 돌이 그렇게 간단하게 부서질까요?"

아몬의 의문에 데스가 바율을 바라보며 씨익 미소 지었다.

"내가 해 줘?"

"…진심으로 하시는 말씀입니까?"

"그럼. 난 다른 마족과 달리 거짓말 안 한다니까?"

자신만 믿으라는 듯 데스의 까만 눈동자가 별빛처럼 반짝거렸다.

바율은 의아하지 않을 수 없었다. 이런 친절을 베풀 이유가 그에게는 전혀 없었다. 리타가 해 주는 음식을 먹는 것이 유일한 낙이라고 하던 그가 아닌가. 리타의 요리는 캐링스턴에서도, 해밀턴에서도 먹을 수 있었다.

"여기도 슬슬 지겨워 죽겠어. 그러니 후딱 가자고. 당장 내일 출발할까?"

'여기가 지겹다고?'

리타가 없는 것도 아닌데…… 왜?

'아!'

생각은 오래 걸리지 않았다. 데스의 수가 뻔히 보였다. 자신을 위하는 척, 도와주는 척, 척이란 척은 다 하고 있지만, 실상은 데스 본인을 위해서였다.

해밀턴이 캐링스턴과 다른 점은 딱 한 가지였다.

날씨.

그 때문에 식재료를 구하는 데 한계가 있었고, 음식의 가짓수도 현저하게 적었다. 오늘 아침에도 고기가 없다고 불평했다는 말을 듣긴 했었는데(템페스타가 일러바쳤다), 그걸로 캐링스턴으로 돌아가자는 말까지 할 줄은 몰랐다.

"…그건 어려울 것 같습니다."

"아니, 어째서? 너도 급한 거 아니었어? 정령들을 빨리 성장시켜야 너한테도 좋을 텐데?"

"그건 그렇지만, 여기서 해야 할 일이 있어서요. 방학이 끝날 때까지는 계속 머물 예정입니다."

"사촌 일이라면 일단락되었잖아. 뭘 더 하려고?"

데스의 짜증 지수가 올라가는 게 느껴졌다. 매번 명령만 하다가 뜻대로 안 되니 안달이 날 만도 했다.

"영지를 돌볼 참입니다."

"영지를 뭘 해?"

"아버지가 안 계신 지금이 기회라서요."

눈치 볼 필요 없이 마음껏 정령의 힘을 발휘할 수 있는 시점이 바로 지금이었다. 연이은 비로 도시 곳곳이 엉망이었다. 최대한 힘이 닿는 대로 고쳐 놓고 캐링스턴으로 돌아가는 것이 바율의 목표였다.

"하니 힘드시더라도 좀만 참아 주십시오. 그래도 캐링스턴으로 돌아가면 리타가 다양한 식재료로 요리를 해 줄 겁니다. 제가 대신 약속하죠."

"…뭐, 뭐야? 눈치챈 거야?"

데스가 뜨끔했는지 말까지 더듬었다. 그답지 않은 모습에 바율이 픽 웃음을 터뜨리는데, 갑자기 벌컥 문이 열리며 바르가 뛰어 들어왔다.

"데스 형님! 아몬! 드디어 성공했습니다!"

그런 그의 멀쩡한 한 손에는 커다란 그릇이 하나 들려 있었다.

"바르 형님, 설마……!"

아몬이 기대에 부푼 얼굴로 벌떡 일어섰다. 데스도 뭔가 감이 왔는지 설레는 기색이었다.

"드셔 보십시오! 제가 했다는 게 도저히 믿을 수 없을 정도입니다!"

홀로 감격에 벅차서는 바르가 눈물까지 흘렸다. 그의 두 눈에 눈물이 그렁그렁하게 맺힌 모습이 너무나 그로테스크해서 바율은 축하한다는 말조차 전하지 못했다.

"스푼."

데스의 명에 바르가 즉시 스푼을 그에게 건넸다.

긴장된 순간이었다. 데스가 한 숟가락 가득 음식을 담고 천천히 입으로 가져갔다.

요리는 토마토 수프였다. 갖은 야채와 소고기를 넣고 끓이면 보양식으로 이만한 음식이 없었다. 바율이 좋아하는 요리이기도 했다.

"…뭐지?"

맛을 본 데스의 고개가 한쪽으로 기울어졌다.

"왜, 왜 그러세요? 맛이 없습니까?"

"아니……."

"…아니라면?"

"진짜 네가 한 거 맞아? 너무 맛있어서 적응이 안 되는데?"

"그럼요! 제가 한 게 맞죠! 사령관님도 참, 제가 언제 이런 걸로 뻥 친 적 있습니까?"

"아니, 없지. 맛없는 요리를 내오고도 항상 당당하기만 했지."

그래서 더 열이 받았었다.

"그럼 저도 한번 먹어 보겠습니다."

두 형님들의 대화를 듣고 있자니 아몬도 궁금해서 참을 수가 없었다. 그가 토마토 수프를 얼른 한 숟갈 떠서 목구멍으로 삼켰다.

"……!"

"맛있지? 그치?"

끄덕끄덕.

바르의 물음에 아몬이 눈을 감은 채 연신 고개를 끄덕였다. 믿을 수가 없었다. 몇 달을 가르치고 배워도 늘지 않던 실력이 어찌 이렇듯 하루 사이에 달라질 수 있단 말인가. 참으로 감동적인 순간이 아닐 수 없었다.

"바르!"

그때였다. 막 훈훈한 공기가 실내를 채우는 그 찰나에 찬물을 끼얹는 듯한 날카로운 목소리가 메아리치듯 울려 퍼졌다.

"스승님!"

그 소리의 주인공은 리타였다. 그녀가 바르와 똑같은 그릇을 손에 든 채 씩씩거리며 안으로 들어왔다.

"그걸 가져가면 어떡해요? 내가 도련님 드리려고 만든 거 뻔히 다 봤으면서 정말 이러기에요?"

"…그게 무슨 말씀입니까? 이건 제가 만든 건데요?"

"나 참! 바르가 만든 건 이거거든요?"

리타가 성큼성큼 다가와 손에 든 그릇을 신경질적으로 내밀었다.

"어라? 같은 요리네?"

"토마토 수프는 도련님이 좋아하는 음식이라고요! 아침도 대충 때우시는 것 같아서 제가 새참으로 준비한 건데! 옆에서 따라 배웠으면 조용히 배우기만 해야지, 그걸 왜 가져가요? 도련님께 바르가 한 걸 드리라는 거예요, 뭐예요?"

"…그럼 그렇지."

"완전히 속을 뻔했네."

데스와 아몬이 그제야 이해한 듯 실망스러운 표정을 지

었다. 하지만 지금 이 순간 가장 충격받은 건 그들이 아니라 바르였다.

"이, 이게 정말 스승님이 하신 거라고요?"

"당연하죠! 그럼 이걸 내가 만들었겠어요?"

바르가 리타의 손에 들린 그릇을 빼앗듯 들더니 그릇째 입으로 가져갔다.

"윽! 토마토 수프에서 어떻게 이런 맛이⋯⋯!"

바르의 안면이 볼썽사나울 정도로 일그러졌다. 세상에 태어나 먹어 본 토마토 수프 중에 가장 맛이 없었다.

"제가 하고 싶은 말이네요. 옆에서 똑같이 따라 해 놓고 왜 이런 맛을 내는 거냐고요! 진짜 제가 다 미치겠다고요!"

좋은 말로 타이르고 칭찬하며 가르치고 싶다가도 이럴 때마다 리타는 정말이지 환장할 지경이었다.

"잠깐! 그 토마토 수프 다 먹은 거예요? 벌써?"

"⋯응?"

"우린 그냥 살짝 맛만 본 건데⋯⋯?"

어느 틈엔지 그릇이 싹 비워져 있었다. 데스와 아몬을 향한 리타의 두 눈에서 거대한 분노가 느껴졌다. 차마 그 빛을 마주할 수 없어서 둘은 약속이라도 한 듯 시선을 내리깔았다.

"도련님 드릴 거라고 했잖아요! 그걸 그렇게 홀라당 다 먹어 버리면 어떡해요!"

리타의 목소리가 이렇게 컸던가. 건물이 무너질 듯한 쩌 렁쩌렁한 그녀의 목청에 바율은 재빨리 귀를 틀어막았다.

"리타, 난 괜찮아! 이따가 저녁에 먹으면 되니까……."

"그러고 보니 데스 씨와 아몬은 왜 여기 이러고 있는 거 죠? 지금 청소할 시간 아니던가요?"

"…그, 그런가?"

"오호라! 또 땡땡이를 치셨다?"

"아닙니다, 리타 양. 바율 도련님께 드릴 말씀이 있어 잠 시 들른 것일 뿐, 청소는 열심히 임하고 있습니다."

"그러세요? 그럼 앞장서세요."

"예?"

"제가 직접 확인해야겠으니 가 보자고요. 거짓말이면 알 죠?"

"아니요. 모르는데요."

"오늘 저녁밥 없어요."

리타는 칼이었다. 인정사정 봐주지 않는 단칼.

그녀의 단호한 말에 데스와 아몬이 함께 달리기 시작했 다. 오늘의 청소 구역을 그녀가 도착하기 전에 반드시 탈바 꿈시켜 놔야 한다는 생각이 그들의 머릿속을 지배했다.

"리타, 적당히 해. 그러다 나중에 후회할라."

"제가 후회를 왜 해요? 잘못한 건 여기 형제들이고, 제가 선배인데, 이 정도 말도 못 해요? 땡땡이치는 것도 한두 번이지, 완전 상습범들이라고요!"

틀린 말이 아니기에 반박할 수가 없었다.

하지만 상대는 그냥 하인이 아니었다. 무려 마족이란 말이다. 리타가 데스 형제를 구박할 때마다 바율의 심장이 대신 오그라드는 기분이었다.

그렇다고 정체를 밝힐 수도 없는 노릇이지 않은가.

"저들도 힘들 거야. 먼 타지까지 와서 고생하고 있잖아."

바율이 할 수 있는 거라곤 고작 이런 변명의 말들뿐이었다. 물론 리타에게는 씨알도 먹히지 않았다. 그녀가 분기탱천하며 바르를 대동한 채 데스 형제의 청소 구역으로 향했다.

Chapter 7.

에이단의 편지

1.

"으아아아! 템페스타, 속도가 너무 빨라!"

어두컴컴한 밤, 흐린 달빛에 의지한 채 바율이 허공을 날았다. 벌써 며칠째 펼쳐지는 진풍경이었으나, 당사자인 바율은 익숙해지기는커녕 영 죽을 맛이었다.

평생을 땅을 딛고 걸었다. 제일 비밀스럽고 빠르게 움직일 방법이 이것뿐이라서 템페스타의 도움을 받고는 있지만, 허전한 발밑은 아무리 노력해도 매번 적응이 안 된다.

균형을 잡기가 힘들다고 해야 할까? 템페스타가 자꾸 몸에서 힘을 빼라고 하는데, 발바닥에 아무것도 닿질 않으니 이상하게 그게 잘 안 됐다.

─야! 바람! 똑바로 못해?

바율의 옆에서 함께 날던 스피넬이 결국 참다못해 폭발
했다.

─너 혹시 일부러 그러는 거냐? 오늘이 처음도 아닌데,
왜 그렇게 버벅거려? 바율 님이 힘들어하시잖아!

─일부러라니! 나도 지금 최선을 다하고 있거든? 바율
이 무서워서 그러는 건데, 왜 나한테 그래!

─바율 님이 무서워하긴 뭘 무서워하셔! 하다 하다 이제
는 바율 님을 겁쟁이라고 모함하기까지 해?

스피넬이 분노하자 마치 폭죽처럼 밤하늘에 불꽃이 터졌
다. 그러자 순간 주변이 밝아지면서 멀어진 지상과의 거리
가 바율의 시야에 들어왔다.

"헉!"

까마득한 높이에 절로 숨이 턱 막혔다. 그 탓에 몸에 더
욱 힘이 들어가면서 흡사 헤엄이라도 치듯 공중에서 버둥
거렸다.

─바율 님! 괜찮으세요?

스피넬이 급히 다가와 물었지만, 안타깝게도 그녀가 해
줄 수 있는 건 없었다. 바율이 하늘을 나는 것은 온전히 템
페스타의 능력 덕분이었다.

─어휴! 대체 뭐가 무섭다는 거야!

템페스타가 투덜거리며 상승 바람을 일으키자, 바율이 그것을 딛고 점차 제대로 된 자세를 취했다.

"하핫, 우산을 갖고 나온 보람이 없네."

민망함에 바율이 헛웃음을 삼키며 젖은 머리칼을 넘겼다. 비를 조금이라도 피해 보겠다는 심산으로 우비에 우산까지 동원했건만, 균형을 잃는 바람에 말짱 꽝이 되고 말았다.

"고마워, 템페스타."

가까스로 안정을 찾은 바율이 고마움을 표하자, 템페스타가 '봤냐?' 하며 스피넬에게 눈을 흘겼다. 그것이 몹시 어이없었지만, 스피넬에게 지금 중요한 건 바율의 안전이었다.

—바율 님, 힘드시면 오늘은 그만 돌아갈까요?

"아니야, 스피넬. 하려던 일은 마저 해야지."

—하지만 계속 그렇게 무리하시다 행여 탈이라도 나시면 어쩌시려고요.

"난 무리랄 것도 없어. 가만히 지켜보는 게 다인걸. 정작 중요한 일은 너희들이 다 해 주고 있잖아."

—해 주다니요! 그건 저희가 당연히 해야 할 일입니다!

"그렇게 말해 주면 나야 고맙고. 나도 몰랐는데, 나한테 고소 공포증이 있었나 봐. 높이 올라오니까 엄청 무서운 거 있지."

─들었냐? 모함은 내가 아니라 네가 하고 있잖아!

─그러게. 이번엔 스피넬이 좀 실수했네.

둘의 싸움을 강 건너 불구경하듯 보고 있던 이노센트가 쪼르르 날아와 참견했다. 템페스타 딴에는 어쩐 일로 녀석이 자기편을 들어 주나 싶어 만족스러운 표정을 지었지만, 실상 이노센트는 그저 먼저 성장한 스피넬이 못마땅했을 뿐이었다.

─그리고 왜 자꾸 바율한테 바율 님이래? 바율이 그렇게 부르지 말라고 그랬는데?

─시끄러워.

─바율, 스피넬이 바율 님이라고 하는 거 되게 불편하지? 그치?

─물! 넌 그냥 닥치라니까?

스피넬도 당연히 기억하고 있었다. 급한 와중에 버릇처럼 튀어나온 것을 저리 콕 찍어 얘기하니 얄밉기 그지없다.

"스피넬이 내 걱정하다가 실수로 그런 모양이야. 이젠 안 그러겠지."

방금은 존대했지만 여태껏 이름으로 잘 불러 왔던 스피넬이다. 바율은 이런 유치한 싸움은 신경 쓰지 않고 그저 일터로 가고 싶었다.

"자, 자. 나도 이제 정신 차렸으니까 얼른 가자. 밑에서 셰임 혼자 심심하겠어."

그들이 허공을 길 삼아 날고 있다면 셰임은 땅속을 이용해 이동하고 있었다. 같은 정령이니 충분히 날 수 있는 능력이 있을 텐데도 그는 고집을 꺾지 않았다. 모습을 드러내길 꺼리는 것이 분명했다.

"그리고 템페스타, 언제 날 잡고 나는 연습 좀 시켜 줄래? 빨리 요령을 터득해야지, 이러다가 계속 폐만 끼칠 것 같아."

—언제든지!

그 정도야 템페스타에겐 일도 아니었다. 녀석이 호기롭게 외치며 바율을 서둘러 목적지로 안내했다.

2.

—으차! 도착했다!

성을 떠난 지 두어 시간 만에 다시 되돌아왔다. 템페스타의 도움으로 무사히 본성 뒷마당에 안착한 바율은 얼른 처마 밑으로 달려가 비를 피했다.

—그새 비가 또 거세졌네. 이노센트, 넌 이거 어떻게 못하냐?

—시비 걸지 마라. 나도 할 만큼 하고 있거든?

이노센트도 비의 세기를 조절하는 게 가능은 하지만, 잠깐 정도가 한계였다. 완전히 멈추게 할 수 있었다면 진즉에 했을 것이다. 작금의 해밀턴은 비의 도시, 물의 도시로 불리고 있었다.

—지는 별로 하는 것도 없으면서 말이야.

—내가 왜 하는 게 없어? 나 아니면 바율이 이 시간에 몰래 어떻게 나갈 건데? 앙?

—어휴, 꼴랑 그거 하나 가지고 유세는.

—꼬, 꼴랑? 너 지금 꼴랑이라고 했냐?

이노센트의 비웃음에 오랜만에 템페스타의 전투력이 상승했다. 녀석의 푸른색 가운이 세차게 펄럭였다.

"오늘 모두 수고 많았어! 특히 템페스타 덕분에 잘 다녀온 것, 다시 한번 고마워."

—흥! 바율이라도 알아주니 다행이네.

입술을 삐죽이고는 있지만 바람이 그새 잦아들었다. 바율의 칭찬에 끓어오르던 화가 순식간에 풀려 버렸다.

—착한 내가 참아야지.

"이노센트도 고생했어. 아직 비를 완전히 멈추게 하지는 못해도, 이노센트 덕에 피해가 훨씬 줄어들 거야. 그러니 너무 상심하지 마."

―응, 바율.

"스피넬도 고마워. 습기가 심해서 불 피우기가 꽤 힘들었는데, 이젠 그럴 걱정이 없어져서 너무 편하네."

―부족합니다. 더 쓰임이 되지 못해 송구합니다.

단정히 대꾸하는 스피넬의 모습은 정녕 바율에게 미안해하는 것 같았다. 이노센트와 템페스타가 그런 스피넬을 마음에 들지 않는다는 듯 노려봤지만, 다행히 당사자는 못 본 듯했다.

"오늘 제일 많은 힘을 쓴 건 셰임이지요? 셰임 덕택에 당분간 그쪽 마을은 안전할 것 같아요. 제가 마을 주민 대신에 감사하단 말씀 전하고 싶어요."

―하, 할 일을 했을 뿐이다…….

바율의 칭찬에 안 그래도 내려간 셰임의 고개가 더욱 밑으로 수그러졌다.

그들은 쏟아지는 비로 인해 산사태가 일어날지도 모르는 지역에 다녀오는 길이었다.

가장 이상적인 수는 이노센트가 비를 완전히 멈추게 하는 것이었지만, 그건 현재로서는 불가능했기에 재난을 방비하는 쪽으로 초점을 맞추고 움직이는 중이었다.

불의 정령인 스피넬을 빼고는 모두가 아직 하급 정령이었다. 그렇기에 할 수 있는 한 최대로 힘을 모아 일을 처리했다.

홍수가 나지 않도록 강과 하천의 수위를 조절하고, 다리나 건물이 무너지지 않도록 땅을 단단히 하였다. 거기에 템페스타가 떠밀려 오는 쓰레기들을 한데 모아 두면 스피넬이 바로 소각시켰다.

대낮에 그러한 짓을 했다가는 누가 볼 수도 있을뿐더러, 바율이 혼자 외출하는 것을 그냥 두고 볼 이언이 아니었다.

해서 아카데미에서 야간 훈련을 했을 때처럼 모두가 잠든 시간에 바율 나름대로 영지를 돌보기 시작했다. 그것이 오늘로 일주일쯤 되었다.

익숙하지 않은 비행으로 간혹 멀미가 나기도 했지만, 바율은 그 정도 고통은 기꺼이 감수할 수 있었다.

그의 고향인 해밀턴이 나아질 수만 있다면 무엇이든 못 하겠는가. 하루빨리 정령들이 성장하여, 보다 살기 좋은 영지로 만드는 게 바율의 바람이자 목표였다.

―나는 그럼…… 쉬러 가겠다…….

"그래요, 셰임. 푹 쉬세요."

깊은 땅속에서 편안함을 느끼는 셰임이었다. 많은 힘을 소진했으니 휴식을 취할 필요가 있었다.

"도련님……?"

바율이 셰임에게 손을 흔들고 돌아설 때였다. 별안간 뒤쪽에서 리타의 음성이 들려왔다. 머리털이 쭈뼛 서며 바율은 무슨 핑계를 대야 할지 부리나케 사고회로를 돌렸다.

"이 야밤에 여기서 뭐 하시는 거예요? 아까 제가 주무시는 거 분명 보고 나왔는데……?"

리타의 한 손에는 촛대가 들려 있었다. 그녀가 그것을 바율에게 가까이 대며 그의 얼굴을 확인하고 또 확인했다.

"…그, 그러는 리타는 안 자고 어쩐 일이야?"

"저요?"

"으응, 리타도 잘 시간이잖아."

바율은 은근슬쩍 우산을 뒤로 숨겼다.

"루비와 새끼들 좀 살펴보려고 나왔죠. 비가 또 잔뜩 내리고 있잖아요."

리타가 보라는 듯 쏟아지는 빗줄기를 손으로 가리켰다.

"근데 그건 우산인가요?"

"…어?"

결국 본 건가. 어떡하지?

바율이 난감해하는데 리타가 눈을 흘기며 말했다.

"도련님도 저랑 같은 거죠?"

"…응?"

"루비랑 새끼들 걱정돼서 나와 보신 거잖아요. 우산이 젖은 걸 보니까 벌써 다녀오신 모양인데, 어때요? 새끼들은 잘 있나요?"

"어어, 그럼! 재스퍼가 잘 돌보고 있더라고. 다시 같이 가서 봐 볼까?"

다행인지 어쩐지 바율이 서 있던 장소가 녀석들의 축사와 그리 멀지 않은 곳이었다. 리타가 야밤에 혼자 우비에 우산까지 들고 위험하게 어디를 다녀왔냐고 추궁했다면 분명 제대로 변명도 못 하고 얼버무리느라 진땀을 뺐을 거다. 다행히 재스퍼 덕에 위기를 모면했다.

'고맙다, 재스퍼.'

사고를 치고도 가드견으로서의 본분을 충실히 지켜 준 녀석이 이 순간엔 그렇게 고마울 수가 없었다.

"그나저나 요즘 재스퍼는 도련님과 같이 안 자나 봐요?"

"응, 왔다 갔다 해."

바율이 잠들 때까지는 함께 있다가 새벽에는 축사로 이동하는 듯했다. 그래도 아침이면 언제나 그렇듯 침대로 올라와 바율을 제일 먼저 깨운다. 예전처럼 완전히 딱 달라붙어 지내는 것은 아니지만, 바율은 지금도 괜찮았다.

"근데 왜 이렇게 얇게 입었어? 춥지 않아?"

"아니요, 외려 더운걸요?"

"더워?"

"네. 비는 계속 오는데 이상하게 성내 공기는 엄청 훈훈한 거 있죠."

"그런가?"

"조아나 집사님이 아까 낮에 그러시는데, 요즘 장작에 불도 잘 붙는대요. 습도가 많이 내려간 것 같다고 하시던데요?"

"…아."

그제야 바율은 감이 왔다. 누구의 작품인지 굳이 묻지 않아도 알 것 같다.

'스피넬, 고마워.'

조용히 바율의 뒤를 따르던 스피넬의 입가에 옅은 미소가 그려졌다.

"혹시 비가 곧 그치려는 거 아닐까요?"

안경 너머 리타의 눈이 기대감으로 반짝거렸다.

"그랬으면 진짜 좋겠어요. 성 꼭대기에 올라서 마른하늘 보면서 기지개를 켜는 게 제 소원이에요. 거기에 산산한 바람도 불어 주면 더 좋고요."

"조금만 더 기다려 봐. 금방 그런 날이 올 거야."

"정말요?"

"응."

내가 그렇게 해 줄게.

"네, 도련님!"

바율이 하는 말이면 뭐든 믿는 리타였다. 그녀가 축사 앞에서 꼬리를 팔랑거리며 반기는 재스퍼를 발견하고 웃으며 뛰어갔다.

비가 걷히고 무지개가 핀 파란 하늘.

해밀턴에서 그런 날을 맞이했던 게 언제인지 기억도 안 난다.

날씨는 사람을 웃게도 하지만 우울하게도 만든다. 영지를 오가며 만난 사람들의 얼굴에선 웃음기를 거의 찾아볼 수가 없었다. 이마저도 아버지이기에 견뎌 내고 계신 것이리라.

'이제라도 정령석이 있는 곳으로 가야 하는 건가.'

중급 정령으로 올라서면 영지를 보다 수월하게 돌볼 수 있을 것이다. 지난번 데스가 했던 말이 자꾸 떠올라 바율을 심산하게 했다.

"컹컹!"

거기서 안 오고 뭐 하냐는 듯 재스퍼가 짖어 댔지만, 바율의 발걸음은 쉬이 빨라지지 않았다.

3.

바율의 하루 일과는 무난했다. 낮에는 아버지 대신 시

에 관련한 보고를 들은 뒤 서류에 사인도 하고, 틈나는 대로 정령에 관한 책을 찾기 위해 서고를 뒤졌다. 그러다 밤이 되면 몰래 빠져나가 농토를 봐주거나 영지의 망가진 곳을 수습하는 등 바쁘지만 나름의 규칙적인 생활을 하며 남은 방학을 보냈다.

유약하던 도련님이 완전히 달라지셨다며 하인들이 수군거릴 때마다 리타는 괜스레 어깨가 으쓱했고, 앞으로도 계속 쭉 이렇게만 지냈으면 좋겠다고 생각했다.

"오늘 보실 문서는 이게 전부입니다."

커닝 집사가 평소보다 적은 양의 서류를 바율 앞에 내려놓았다. 그에 바율이 물끄러미 쳐다보자 그가 웃으며 말했다.

"이제 곧 영주님이 돌아오실 때가 되어서요."

"……?"

그래도 바율이 이해하지 못한 표정이자 그가 다시 설명했다.

"도련님도 방학을 즐기셔야 하지 않겠습니까? 급한 건만 처리해 주시면 됩니다. 남는 건 영주님이 오시면 몰아서 드릴 생각입니다."

"…몰아서요?"

"넵."

"그럼 아버지께서 힘드시지 않을까요?"

"음, 익숙하신 일이라서 아마 그렇게 힘들어하시지는 않을 겁니다."

무슨 서류가 또 이렇게나 쌓인 거냐며 불평하실 게 뻔하지만, 당장은 어린 도련님을 좀 쉬게 해 드리고 싶었다. 사실 요즘 너무 부려 먹는(?) 것 같아서 죄스럽던 차였다.

"일전에 제가 말씀드린 건, 성내 일하시는 분들에게 잘 전하신 거죠?"

"어떤 말씀 말인가요?"

"작은어머니께서 방문하신 일 말입니다."

"아, 그거라면 안심하십시오. 작은 마님을 본 하인들이 적지는 않으나, 데릭 도련님의 일을 모르기에 그냥 일상적인 방문으로 생각들 하고 있습니다. 특별히 입에 오르내릴 일은 없을 겁니다."

"그렇다면 다행이네요. 안 그래도 작은아버지께서 데릭 형님 때문에 많이 속상하실 텐데, 거기에 신경 쓸 거리를 보태고 싶지 않았습니다."

"압니다, 도련님 마음. 데릭 도련님도 큰 말썽 없이 저택에 조용히 잘 머물고 계신다 하니, 죄책감은 갖지 마십시오. 잘못을 했으면 벌을 받고, 이후로 같은 일을 되풀이하지 않으면 되는 것 아닙니까? 데릭 도련님을 위해서도 이게 옳은 일입니다."

바율보다 인생을 몇 배는 더 산 어른의 말이었다. 아버지와 작은아버지가 빨리 돌아오시길 바라면서도, 그간 행한일 때문에 벌어질 미래가 마음을 졸이게 한다.

'난 최선을 다했어.'

지금은 그렇게 생각하는 게 바율 스스로에게 이로웠다.

"감사해요, 커닝 집사님."

"별말씀을 다 하십니다."

"일을 해 보니까 알겠어요. 커닝 집사님이 얼마나 대단하신 분인지, 얼마나 많은 일을 하고 계신지요. 아버지께서도 그런 커닝 집사님을 믿고 자리를 비우셨겠죠. 모쪼록 오래도록 아버지 곁을 지켜 주셨으면 하는 바람입니다."

"벌써 작별 인사를 하시는 겁니까? 내일 당장 캐링스턴으로 떠나시기라도 할 것 같습니다?"

갑작스러운 바율의 감사 인사에 커닝 집사가 쑥스러운 듯농을 던졌다. 누가 영주님의 아들 아니랄까 봐서 부자가 어쩜 이렇게도 하시는 말씀이 비슷한지 웃음이 나기도 했다.

"하하, 그러게 말입니다. 말이 씨가 된다고 하던데, 조심해야겠네요."

"본성엔 아직 데스 형제들이 필요합니다. 일찍 가시면절대 안 됩니다요."

커닝 집사가 그들의 놀라운 청소 실력을 재차 거론하며 칭찬을 아끼지 않았다.

"요리 실력도 청소 실력에 비례했으면 참 좋았을 텐데 말입니다. 마침 저기 지나가는군요."

창밖을 보며 커닝 집사가 딱하다는 듯 혀를 찼다.

"바르의 어깨가 축 처진 걸 보니 리타에게 또 된통 혼이 난 모양입니다."

"그래요?"

짠한 마음에 바율도 돌아보니 과연 그러했다. 요리를 제대로 완수하지 못하면 남은 팔도 잘라 버린다고 했다던데, 어째서 그토록 실력이 늘지 않는지. 이젠 안타까울 지경이었다.

"…응?"

"왜 그러십니까?"

바율의 눈이 커지자 커닝 집사가 뭔가 싶어 다시 쳐다보았다. 하나 그가 보기에 별다른 특이 사항은 없었다.

"…아니요. 아무것도 아닙니다."

바르의 뒤를 템페스타가 왜 쫓아가는 거지?

그것도 저런 표정으로?

바르는 죽상을 하고 있는데, 템페스타는 재밌어 죽겠다는 얼굴이었다. 분위기로 보건대 뭔가 일이 터져도 터질 것만 같았다.

"저, 잠시만 바람 좀 쐬고 올게요. 이것들은 다녀와서 바로 처리해 두겠습니다."

"이렇게 비가 오는데 말입니까?"

"…아무래도 제가 어머니를 닮았나 봅니다."

"훗, 그렇게 말씀하시니 이해가 되네요. 우비와 우산 꼭 챙겨 가십시오."

바율은 금방 돌아오겠다는 말을 남기고 서둘러 녀석들의 뒤를 쫓았다.

4.

바르가 걸음을 멈춘 곳은 요즘 재스퍼가 가장 많이 머무는 곳, 루비와 새끼들이 있는 축사 앞이었다. 방금 전 리타에게서 엄청난 막말을 듣고 온 터라 기분이 최악이었다. 해서 귀여운 강아지들을 보며 심신을 안정시키고자 했다.

"옜다, 간식!"

그는 손수 챙겨 온 간식까지 넉넉하게 뿌렸다. 재스퍼와 루비는 말할 것도 없거니와, 이제 막 눈을 뜬 어린 새끼들도 꼬랑지를 팔랑거리며 바르의 주변을 맴돌았다.

주방에서는 골치 아픈 애물단지일지 몰라도, 이곳에서만큼은 절대적인 지지를 받는 존재가 바르였다.

　순수하게 자신을 좋아하는 저 눈빛들.

　태어나면서부터 짐승의 소리를 알아들었던 그는 녀석들과 있을 때가 가장 마음이 편했다.

　무언가 안정되는 듯한 느낌이랄까. 마계에서도, 여기 인간계에서도 바르가 제일 행복해지는 순간이었다.

　―쿡쿡, 너 뭐 하냐?

　그런 그의 사색을 방해하는 이가 있었으니, 조금 전부터 졸졸 따라오던 템페스타였다. 녀석이 축사 문에 턱을 괴고는 재스퍼와 그 식구들에게 둘러싸여 있는 바르를 비웃듯 쳐다봤다.

　"가라. 너 상대할 기분 아니다."

　―왜? 리타한테 깨진 것 때문에? 내가 다 봤지롱!

　"남몰래 훔쳐보는 게 네 취미냐?"

　―아니, 내 특긴데?

　"그래, 그런 거라도 해야지. 아무 데도 쓸모가 없으면 안 되니까."

　―내가 왜 쓸모가 없어? 요즘 얼마나 바쁜 일상을 보내고 있는지 알지도 못하면서!

　템페스타가 버럭 하자 잔잔하던 일대에 바람이 몰아쳤

다. 물론 바르는 눈 하나 깜짝 안 했다.

"고작 그깟 힘으로 날 상대하겠다?"

솥뚜껑 같은 손으로 부드럽게 새끼들을 쓰다듬던 바르가 슬며시 허리와 어깨를 펴며 걸어 나왔다. 리타의 잔소리에 시무룩하던 모습은 온데간데없었다.

2미터 남짓한 거구의 몸체가 움직이자 위압감이 상당했다. 지금 순간만큼은 마계 서열 10위의 위험하기 짝이 없는 마족이었다.

"어디로 꺼질래? 말만 해. 원하는 대로 해 줄게."

—뭔 소리야, 갑자기? 내가 가긴 어딜 가!

"고르기 싫으면 내가 직접 골라도 되지?"

바르가 손바닥을 위로 향한 채 앞으로 뻗었다. 그러자 그의 손아귀에서 시커먼 불꽃이 파파팍 소리를 내며 피어났다.

모르긴 몰라도 그걸 그대로 맞았다간 무슨 사달이 나도 날 것 같았다.

—내가 그깟 것 무서워할 것 같아?

그러나 템페스타의 배짱도 어디 가서 빠지는 편은 아니었다. 녀석이 삽시간에 회오리바람을 일으키며 방어 태세를 취했다.

"그만!"

바율이 도착한 것은 그때였다. 다행히 흥분한 두 녀석이 사고 치기 직전에 현장에 나타났다.

"템페스타! 얼른 그 회오리 거둬!"

화가 난 듯한 바율의 음성에 템페스타가 즉시 소용돌이를 멈췄다.

"바르! 저와 한 약속은 다 잊은 거예요?"

"…아, 아닙니다!"

"아무리 화가 나도 그렇죠. 여긴 바르가 사는 곳이 아닙니다! 이러다 누구라도 다치면 어쩌시려고 그래요?"

"…죄송합니다. 저 자식이 하도 까부는 바람에…….."

―내가 뭘? 내가 뭘 어쨌…….

"템페스타!"

바율이 편을 들어 주기라도 할 줄 알았다면 녀석의 착각이었다. 바율이 그 어느 때보다 엄한 눈빛으로 쏘아보자 템페스타가 슬그머니 물러나며 시선을 회피했다. 잘못한 걸 알긴 아는 모양이었다.

"컹! 컹컹!"

그때 재스퍼가 고개를 푹 숙인 채 겸연쩍게 서 있는 바르의 손등에 자신의 머리를 갖다 대며 짖었다.

"왜 그래, 재스퍼?"

"컹!"

"뭐 때문에 그러는데?"

녀석의 알 수 없는 태도에 바율이 재차 묻자 바르가 대신 답해 주었다.

"자기 애들 좀 만져 달라고 하는 겁니다."

"네?"

"제가 쓰다듬어 주는 걸 좋아하거든요."

바르가 쓰다듬어 주는 걸 좋아한다고?

"아, 참. 테이머라고 하셨죠?"

그제야 생각났다. 에이단이 본인이 테이머라는 것을 처음으로 안 날, 녀석은 자신과 같은 테이머를 바율의 집에서 만났다. 엄청난 우연이라며 신기해했었는데, 지금은 그 테이머가 마족이란 게 새로웠다.

"그때 봤던 바율 도련님의 친구는 잘 지내고 있습니까? 테이머로서 진전은 있대요?"

"그게…… 바로 방학을 해 버리는 바람에 얘기를 나눌 새가 없었네요."

"아하, 그러고 보니 그렇겠군요."

바르가 바닥에 주저앉더니 품 안에 강아지 네 마리를 전부 끌어안았다. 그의 덩치가 워낙 크기도 크지만, 새끼들의 몸집이 작은 편이라서 그 모습이 상당히 부조화하면서도 반대로 잘 어울렸다.

"컹컹!"

재스퍼가 고맙다는 양 바르를 향해 크게 두어 번 짖었다. 기이한 건 새끼들의 반응이었다. 바르는 그저 안고만 있을 뿐인데, 어째선지 어미 품에 있을 때보다 더 편안하게 느끼는 듯하달까.

바르가 바율의 눈에는 보이지 않는 어떤 기운을 녀석들에게 주고 있는 것 같기도 했다.

저런 게 테이머의 힘인 것인가?

에이단도 언젠가는 할 수 있으려나?

"도련님!"

바르와 새끼들의 모습을 지켜보며 바율이 이런저런 생각에 빠질 즘, 갑자기 리타가 축사에 나타났다. 겨우 마음을 추스르고 있던 바르가 긴장하는 게 느껴졌다.

마계 서열 순위 10위의 고위 마족이 평범한 인간 소녀에게 긴장을 하는 이런 상황이라니. 세상일은 정말이지 알다가도 모를 일이었다.

"도련님께 편지 왔어요!"

"…응? 편지?"

"네!"

"아버지께서 보내신 건가?"

"아니던데요."

리타가 고개를 저으며 편지를 건넸다.

아버지가 아니라고? 그럼 누구지?

바율은 재빨리 편지의 겉봉을 훑었다.

"어라? 에이단이 보낸 거잖아?"

방금 전 바르와 에이단에 대한 이야기를 나눴다. 녀석에게서 서찰이 도착할 줄 알고 그랬던 건가? 타이밍이 재밌다.

"안에 좋아하시는 케이크 한 조각 가져다 놨는데, 들어가서 드시면서 읽어보시는 게 어때요?"

"그래? 알겠어. 고마워, 리타."

바르와 리타도 둘만의 시간이 필요할지 몰랐다. 바율이 템페스타에게 슬쩍 따라오라고 눈짓하며 급히 자리를 피해 줬다.

5.

바율에게.

친구야, 안녕. 넌 잘 지내고 있겠지?

네 고향 해밀턴은 날씨가 어떤지 모르겠다. 여기 캐링스턴은 더위도 너무 더워. 올해 여름은 정말 푹푹 찌는 것 같아.

이럴 땐 산이든 바다든 시원한 곳으로 놀러 가야 하는데, 집에 잡혀서 일만 하려니까 돌아 버리기 일보 직전이야.

그래서 말인데, 와서 나 좀 구해 주면 안 될까?

나 진짜 농담 아니고, 네 도움이 절실하게 필요해. 내가 여기서 탈출할 수 있는 방법은 바욜 네가 꺼내 주는 길뿐이야.

라이에게도 진즉 연락해 보긴 했는데, 이 자식은 통 소식이 없네. 퀸에게는 말도 안 꺼냈어. 인어국까지 편지가 닿으려면 시간이 한참 걸릴 것 같거든.

그리고 실은 잉그리드가 요즘 이상해. 불러도 잘 오지도 않고, 어디서 뭘 하는지 보이지 않을 때도 많아.

이게 혹시 탈피라는 걸 하는 과정일까?

바욜, 나 무서워 죽겠어!

우리 잉그리드 잘못되면 어떡하지?

오랜만에 고향에서 즐거운 시간 보내고 있겠지만, 친구 좋다는 게 뭐냐! 어차피 개강하면 올 거, 적응을 위해 조금 일찍 온다고 생각하고 와 주면 안 될까?

내가 이 은혜는 꼭 갚을게.

진짜 갚을 거야!

바율 넌 의리 있는 녀석이니까 날 모른 척하지 않겠지?

그럼 난 너만 믿고 기다린다.

배신 때리기 없기다!

집구석에서 개미처럼 일만 하고 있는 에이단이

"뭐야? 무슨 편지길래 그렇게 심각하게 읽어?"

리타가 남기고 간 케이크에 눈독을 들이고 있던 데스가 바율의 등장에 아쉬움을 삼키다, 집중한 그의 얼굴을 보며 물었다.

"뭐 안 좋은 소식이라도 있는 건가?"

"…아니요. 그냥 뭐 좀……."

바율이 기대한 건 방학 동안 잘 지내고 있는지에 대한 안부 서찰 정도였다. 늘 붙어 있던 녀석들과 떨어져 지내니 하루에 한 번씩은 꼭 생각이 났다. 이렇듯 다짜고짜 구해 달라며 사정하는 편지일 거라곤 전혀 예측조차 못 했다.

게다가 잉그리드가 탈피를 시작한 것 같다니. 안 그래도 그 문제로 속이 까맣게 타들어 가던 녀석인데, 지금 심정이 어떠할지 눈앞에 훤히 그려졌다. 혼자서 감당하기 벅찰 게 분명하다.

그 와중에 집안일까지 해야 하니 정신적으로 얼마나 힘이 들까. 방학이면 개처럼 끌려다니면서 일하게 될 거라고 하던 녀석의 말을 그저 엄살이라고 여겼었는데, 이런 요청까지 하는 걸 보면 그저 그런 수준은 아닌 듯했다.

절친한 친구로서 녀석이 진심으로 염려가 되기 시작했다.

'아버지의 말씀에서 느껴지던 레오네트 백작님은 좋은 분이신 것 같았는데…….'

"저기 근데…… 이거 안 먹을 건가?"

바율이 진지하게 에이단의 편지를 한 번 더 살펴보려는데, 데스가 케이크에 시선을 고정한 채 조심스럽게 물어 왔다.

사실 지금은 데스에게 있어 절호의 기회였다. 주변에 바르와 아몬이 없다. 즉, 케이크를 혼자서 차지할 수 있는 특급 상황인 것이다.

"데스."

"응, 말해!"

"캐링스턴에 빨리 가고 싶다고 했죠?"

"…어?"

케이크를 먹으라고 말할 줄 알았던 바율이(가끔 일어나는 행운이었다) 엉뚱한 얘기를 꺼내자 데스의 눈이 커졌다.

"아무래도 청소 완료 시기를 앞당겨야 할 것 같습니다."

"너희 아버지 보고 가려는 거 아니었어?"

"그러려고 했는데, 급한 일이 생겨 버렸네요."

에이단이 이렇게까지 구조를 청하는데 모른 척할 수는 없었다. 녀석은 아무 상관도 없는 자신의 야간 훈련을 잠도 쪼개 가며 도왔었다. 바율이 가서 뭘 할 수 있을지는 모르겠다만, 일단은 와 달라고 하니 가는 것이 친구로서의 도리였다.

마침 영지를 돌아보다 보니 정령들의 승급 문제가 고민되던 차이기도 했다. 방학이 끝나기 전에 정령석의 비밀도 해결할 겸, 조금 일찍 출발을 서두르는 것도 나쁘지 않을 것이다. 학기 중에는 시간을 내기가 어려울 수도 있었다.

아버지를 직접 뵙고 얼음 광산과 데릭 형님에 관한 보고를 하려고 했었는데, 그건 커닝 집사님에게 맡겨야 할 듯싶었다.

"그간 내리 고심만 하다가, 이 서찰 덕에 결정이 났습니다."

에이단의 요청이 동기 부여가 된 셈이었다.

"진짜 간다는 거야?"

바율의 말을 믿지 못하는 것인지, 아니면 실감이 안 나는 것인지 데스의 표정에는 아무 변화가 없었다.

"가고 싶어 하셨던 것 아니었습니까?"

"그러기야 했지. 근데 네가 싫다고 해서 깨끗하게 단념했거든."

"그렇게 포기가 빠르신 분인 줄은 몰랐습니다."

기뻐서 손뼉이라도 치길 바란 건 아니지만, 이렇게 밋밋한 반응을 기대한 것도 아니었다.

"…리타도 가는 건가?"

"네?"

"나중에 따로 온다거나 하는 거 아니냐고. 전에도 그랬다던데?"

"아, 그거였습니까?"

예정에 없던 일이니 혹 리타를 두고 가는 건 아닌지 걱정이 된 모양이었다. 이러나저러나 참으로 한결같은 데스였다.

"당연히 같이 가야죠. 다양한 식재료로 요리를 해 드리겠다고 한 말, 진심이었습니다."

"오호! 그렇단 말이지?"

이제야 데스의 얼굴에 조금씩 감응이 왔다. 짐꾼으로 리타를 따라 시장에 나가 이것저것 구경도 하며 군것질하던 시간이 주마등처럼 머릿속을 스쳐 갔다.

이제 그 신나는 일상을 다시금 보낼 수 있다!

"출발은?"

"커닝 집사님과 의논해 봐야겠지만, 아마 이삼 일 내로 움직이게 될 겁니다."

"그럼 난 그때까지 청소만 완벽하게 해내면 되겠군."

"짐도 싸셔야죠."

"우리한테 무슨 짐이 있다고. 올 때 못 봤나? 우리가 가진 건 이 튼튼한 육체뿐이야. 그거면 충분하지."

데스 형제는 전처럼 다른 일행의 짐이나 들면 되었다.

"정령석을 깨트려서라도 도와주겠다고 하셨던 말씀, 기억하시죠?"

"기억하다마다. 난 거짓말 안 한다고 수십 번은 더 얘기한 것 같은데?"

마족의 말이지만 바율에게도 믿는 것 외에 딱히 방도는 없었다. 정령석의 비밀을 캐고 정령들을 승급시키려면 우선은 어떤 도움이든 받아야 했다.

'내게 엄청난 친화력까지 심어 주고 이상한 짓을 하진 않겠지.'

나중에 후회를 할지언정, 적어도 지금은 그런 걱정을 할 때가 아니었다.

"무지 설레는군."

캐링스턴으로 돌아간다고 하니 마음이 들떴다. 엄연히

따지면 그곳 저택은 바율 소유의 거처이기는 하나, 데스에게는 그 나름대로 인간계의 특별한 '본거지' 같은 개념이었다.

그런 곳으로 간다니까 갑자기 고기를 먹지 못해 우울했던 감정들이 눈 녹듯이 사라지는 느낌이었다. 찬란한 미래가 바로 눈앞에 그려졌다.

"바르와 아몬에게도 얼른 전해 줘야지."

"리타에게도 부탁합니다. 전 커닝 집사님과 이언 경을 만나야 할 것 같거든요."

그러고 보니 정말로 말이 씨가 되었다. 좀 전에 커닝 집사님과 우스개처럼 한 소리가 이렇듯 현실이 될 줄이야.

"그럼 이제 나 이거 먹어도 되는 거지?"

"네, 전 괜찮으니 드십시오."

바율이 웃으며 대꾸하자 데스가 순식간에 케이크 조각을 입으로 쑤셔 넣었다. 그런 그의 표정은 마치 세상을 다 가진 듯했다.

"템페스타, 전부 들었지?"

데스가 나가고 바율이 창가에 있던 녀석을 향해 돌아섰다.

—응! 나도 이제 곧 스피넬처럼 중급 정령이 될 수 있는 거야?

"그건 일단은 가 봐야 확실해질 것 같아. 혹시 안 될 수도 있으니까 너무 큰 기대는 하지 말고."

미래는 누구도 모른다. 정령석을 갖고도 아무것도 할 수 없는 상황이 벌어질 수도 있었다.

물론 바율은 본인이 할 수 있는 모든 것에 최선을 다해서 노력해 볼 생각이었다.

"이노센트와 셰임에게도 대신 전해 주겠어?"

—응, 그거야 뭐 어렵지 않지.

뭘 하는지 두 녀석은 보이지 않았다. 스피넬만이 타다닥 소리를 내며 타고 있는 벽난로 속에서 모든 정황을 지켜보았다.

'아버지께서 서운해하시지 않았으면 좋겠는데…….'

돌아오실 때까지 기다리겠다고 해 놓고, 그걸 지키지 못하는 것이 내심 신경이 쓰였다. 이번에 오시면 정령에 관한 것도 말씀드리려고 했는데, 이렇게 또 시기를 놓쳐 버렸다.

'다음에 다시 시간이 나겠지.'

그때는 정령사로서 지금보다 훨씬 더 나은 모습일 터이니 오히려 잘된 것일 수도 있었다. 아버지에게 부끄럽지 않은 아들이 되기 위한 일보 전진이었다.

Chapter 8.
데스 vs 라예가르

1.

다그닥 다그닥.

바율과 일행을 태운 마차가 저택으로 향했다. 사흘간 기차에 몸을 싣고 마침내 캐링스턴에 도착한 그들은 해밀턴으로 갈 때와 별반 달라진 것이 없었다.

굳이 차이점을 꼽자면 옷이 가벼워진 정도였다. 얼마 전까지만 하더라도 재스퍼와 함께 돌아올 생각이었는데, 녀석이 새끼를 낳는 바람에 두고 오는 수밖에 없었다. 다행히 전처럼 따라나서겠다고 고집을 부리지 않아 크게 애를 먹지는 않았다.

그래서 바율은 내심 서운하기도 했지만, 루비와 새끼들

에겐 재스퍼가 필요했다.

"여긴 정말 하늘이 파랗군요."

"비가 한 방울도 내리지 않는다는 게 신기해요."

이언과 리타가 마차 밖으로 보이는 풍경에 새삼 감탄하며 한마디씩 뱉었다. 그새 춥고 습한 날씨에 적응을 했던 건지, 캐링스턴의 쨍한 날씨가 퍽 낯설었다.

"응, 어머니가 싫어하셨을 것 같아."

바율은 본성을 떠나기 전까지 어머니의 초상화 앞에서 많은 시간을 보냈다. 겨울 방학이 되고서나 다시 볼 수 있는 어머니의 모습이었기에 보다 자세히 눈에 담고 싶었다.

'퀸에게는 뭐라고 하지.'

에이단의 편지를 받고 캐링스턴으로 출발을 결심한 순간부터 바율이 가장 애를 쓴 것이 대양의 눈을 찾는 일이었다.

그는 물론이고 정령 넷과 데스 삼 형제까지 전부 동원되어 반지를 찾아봤지만, 어디에서도 발견할 수가 없었다.

숨겨진 보물을 찾는 것이 특기라는 바르의 말에 의하면 대양의 눈은 성에 있지 않았다. 아버지께서 다른 곳에 숨겨 놓으셨거나, 그게 아니라면 몸 어딘가에 지니고 계신다는 뜻이었다. 반지를 끼고 계신 것을 본 적이 없으니 그저 추측만 할 뿐이었다.

시간이 좀 더 있었더라면 아버지께 직접 여쭤볼 수도 있었을 텐데, 그러지 못해서 아쉽다. 퀸의 실망할 모습이 마음 쓰이지만, 다음을 기약하는 수밖에 없었다.

"워워! 다 왔습니다요!"

캐링스턴 시내를 구경하며 달리다 보니 어느새 저택에 금방 당도했다. 마부의 우렁찬 알림에 데스 형제들이 신이 나서는 제일 먼저 마차에서 내렸다.

하지만 그런 그들의 얼굴이 똥이라도 씹은 것처럼 일그러지는 데에는 불과 몇 초가 걸리지 않았다.

"거기 누구요?"

비어 있어야 할 저택의 현관 앞에 누군가 있었다. 이쪽은 해가 내리쬐는 양지이고, 저쪽은 그늘진 곳이었기에 이목구비를 바로 확인할 수 없었다.

그에 이언이 검집에 손을 올리며 앞으로 나섰다. 다른 마차를 타고 온 리자이, 리바이 형제도 어느 틈엔가 다가와 있었다.

"모습을 보이시오."

이언이 재차 명령하자, 그림자가 아주 천천히 걸어 나왔다.

"제기랄."

"설마 여기서 우릴 기다린 거랍니까?"

"…망했군."

데스를 비롯한 바르와 아몬이 조그만 목소리로 속닥거렸
다. 소리가 작아 알아듣지도 못했지만, 바율은 의아할 새도
없었다. 환한 태양 아래 나타난 이의 정체가 너무 의외였기
때문이다.

"…이사장님?"

그랬다. 뜬금없이 등장한 그는 아카데미의 이사장이자
일라이의 양부인 라예가르였다. 그가 특유의 여유로운 미
소와 함께 황금빛 머리칼을 휘날리며 바율을 향해 손을 흔
들었다.

2.

"캐링스턴 아카데미의 이사장님이시라고요?"

어색한 대치 상황이 벌어졌다. 장소를 실외에서 실내로
옮겼지만, 분위기는 처음과 크게 다르지 않았다. 이유는 모
르겠으나 이언의 경계심이 왜인지 평소보다 더했기 때문이
다.

"다들 날 그렇게 부르긴 하지."

첫 만남임에도 라예가르는 이언에게 자연스럽게 하대를

했다. 그의 신분이 귀족이니 예법에 어긋나는 것은 아니지만, 이언은 란데르트 공작의 수하이자 만월 기사단이었다. 제국의 어딜 가든 존경의 대상이 되는 그였기에 어느 귀족도 이렇듯 함부로 말을 놓진 않는다.

바율이야 라예가르의 성정을 모르지 않으니 이해가 가는 바였지만, 행여 이언의 기분이 상하는 건 아닐지 그 점이 걱정이었다. 바라건대 그가 아무런 사고도 치지 않고 돌아가 주었으면 하는 게 바율의 솔직한 심정이었다.

"일라이 군의 아버지시란 것, 들었습니다."

"엄밀히 따지면 친부가 아니라 양부지."

굳이 필요 없는 말을, 라예가르가 콕 집어 말했다.

"…혹 라이에게 무슨 일이라도 생긴 건가요?"

이사장인 그가 일개 학생인 바율을 찾아올 이유는 아들인 일라이 문제밖에 없었다.

안 그래도 사이가 별로인 부자간이니 방학 중 대판 싸우기라도 한 건가 싶어 바율은 내심 걱정이 되기도 하였다.

"글쎄…… 그건 모르겠네."

"…네?"

"방학하고 통 본 적이 없어서 말이지."

"라이를 본 적이 없으시다고요?"

"응."

길 가다 마주친 사람에 대해 얘기를 해도 이보다는 더 성의 있게 답할 수 있으리라. 바율의 어이없는 표정을 본 라예가르가 걱정 말라는 듯 덧붙였다.

"어디서든 잘 있을 테니 염려 마. 그 녀석의 생존력이면 망각의 지대에 떨어져도 살아남을 수 있으니까. 가출 경험도 있는데, 뭔들 못할까?"

아무리 양부래도 진짜 너무하시는 것 아닙니까?

바율은 진심으로 그렇게 따져 묻고 싶었다. 일라이가 누구 때문에 그런 선택을 하였는데, 이리 무관심할 수 있단 말인가. 에이단의 편지에 연락이 없던 이유를 이제야 알 것 같았다.

녀석은 지금쯤 어디서 뭘 하고 있을까?

갑작스레 일라이의 상태가 신경 쓰이기 시작했다.

"일라이 군 때문이 아니라면, 이사장님께서 무슨 용무로 이곳을 방문하신 겁니까?"

듣고만 있던 이언이 다시금 본론으로 들어갔다.

"그건 내가 먼저 묻고 싶은 말이었는데."

"······?"

"왜 날 따라다니는 거지? 그쪽이야말로 내게 무슨 용무가 있는 건지 궁금해서 말이야."

"이사장님, 그게 대체 무슨 말씀이신지······?"

바율은 라예가르가 하는 말을 전혀 이해할 수가 없었다. 방금 전 캐링스턴에 도착한 그들이 어떻게 그를 따라다닐 수 있겠는가?

그새 잊은 모양인데, 조금 전까지 저택을 기웃거리고 있었던 건 다름 아닌 이사장 본인이었다.

"너는 모를 것 같았어."

"이사장님께서 보셨다시피 저희는 이제 막 이곳에 도착했습니다. 이언 경도 저와 함께 해밀턴에 있었고요. 뭔가 오해를 하신 듯합니다."

"누가 이자가 날 쫓았다고 했나?"

"네?"

"만월 기사단은 아니더군. 그런 자들을 체이서라고 하던 가?"

"…체이서요?"

체이서라면 정보 길드에 속해 주로 현장에서 몸을 쓰는 자들을 말했다. 정보원을 통해 정보를 수집하거나, 어떤 대상을 염탐하고 미행하는 이들 전부를 지칭하는 말이다.

"그런 자들이 왜 이사장님을……?"

"그건 이자에게 들어 봐야지."

라예가르가 다시 한번 이언을 직시했다. 그는 시종일관 입가에 미소를 머금고 있었지만, 그와 대조적으로 눈은 전혀 웃고 있지 않았다. 제대로 설명하지 못하면 어떤 일이 벌어질지 모른다는 경고가 서린 눈빛이었다.

"…이사장님께서 무슨 소리를 하고 계신 건지 전혀 모르겠군요."

"아니, 자네는 알고 있어. 얼굴에 다 쓰여 있거든."

"그렇습니까?"

이언이 피식 웃었다.

"그래, 제 얼굴에 뭐라고 쓰여 있던가요?"

"이런, 들켰군. 공작 전하께 무어라 보고를 해야 하지? 라고 난 읽었는데."

제법 포커페이스를 유지하고 있다만 그의 눈을 속일 순 없었다. 라예가르의 황금색 눈동자가 순간 매섭게 반짝였다.

"…공작 전하라니요? 이언 경, 이게 다 무슨 소리인가요? 어째서 여기서 아버지가 언급되는 거죠?"

"도련님, 놀라실 것 없습니다. 이사장님께서 뭔가 착오를 하고 계신 듯합니다."

"들통나면 모른 척 발뺌이라도 하라고 시켰나 보군. 이 거 란데르트 공작에게 조금은 실망인데?"

"이사장님, 말씀이 지나치십니다. 아무리 라이의 아버지라 하셔도 제 아버지까지 그리 함부로 입에 올리실 순 없지요."

"알아, 들었어. 이 제국의 살아 있는 전설로 불린다지?"

라예가르가 따로 말은 안 했지만, 그의 생각에도 란데르트 공작은 그가 아는 인간 중 가장 잘난 자였다.

"근데, 왜 그런 자가 내게 사람을 붙였을까?"

"아버지께서 이사장님을 감시하라고 시키기라도 하셨다는 말씀인가요?"

"딩동댕!"

"…증거는 있습니까?"

"그러니까 내가 여기에 왔겠지?"

라예가르는 마법사였다. 몇 서클인지는 몰라도 꽤 능력이 좋다고 일라이에게 들었다. 정말로 아버지의 명을 받은 누군가가 그를 미행했다면, 역으로 그 인물을 통해 의뢰인을 알아내는 것도 그리 어렵지 않았을 것이다.

'대체 아버지께서 왜 이사장님을……?'

이제는 바율이 그 이유가 궁금해질 판이었다.

"사실 직접 물으러 갈까 하다가, 혹시나 하고 여기부터 들른 거야. 방학 중이라 없을 줄 알았는데, 마침 이렇게 딱 도착을 했네?"

"일이 생겨서 조금 일찍 오게 됐습니다."

"운이 좋은걸? 곧 규모가 어마어마한 야시장이 열릴 거거든."

"…아, 네."

이 상황에 할 말은 아닌 것 같았지만, 그 말을 하는 이가 라예가르이니 그리 이상하게 들리진 않았다.

"제국에서 제일 유명하단 사람이 왜 내게 관심을 가졌을까? 난 그게 의문이란 말이지."

"…만약 아버지께서 정말 그리하셨다면, 아마 저 때문일 겁니다."

"너 때문이라고?"

"네, 아들인 제가 다니고 있는 아카데미의 이사장님이시니까요. 12년 만에 갑자기 나타나신 점도 있고 하니, 뭔가 더 알고 싶으신 게 있지 않으셨을까 싶습니다."

지금 바율이 할 수 있는 최대한의 방어였다. 절대 이런 이유로 움직일 아버지가 아니셨지만, 아무것도 아는 것이 없으니 이렇게밖에 답할 수가 없었다.

"그런가?"

눈을 부릅뜨고 추궁을 할 땐 언제고 라예가르가 심드렁하게 대꾸했다.

"이 건에 대해서는 제가 따로 아버지께 여쭤보도록 하겠습니다. 그때까지 잠시 보류해 주시겠어요?"

"나는 상관없어. 다음 체이서가 없다면 말이야."

"다음 체이서라니요?"

"아, 내가 말을 안 했나? 체이서를 없애 보기도 하고, 잡아 보기도 하고, 할 수 있는 건 다 했는데도 계속 보내더군. 엄청 끈질겨서 여기까지 오게 된 거랄까?"

"…그러셨군요. 그럼 그에 관해서도 제가 할 수 있는 한 손을 써 보겠습니다."

아직 확실한 건 아무것도 없는데 자꾸만 인정하게 되는 분위기였다. 왠지 말리는 기분이었지만, 만에 하나라는 게 있기에 지금은 이러는 수밖에 없었다.

"뭐, 어쨌든 빨리 해결해 주길 바라. 내가 참을성이 별로 없는 편이라서."

"네, 알겠습니다."

"사실 나한테 중요한 일은 따로 있거든. 그거 해결하려면 골치가 꽤 아플 것 같은 예감이야. 엄한 데 신경 안 쓰게 해 줬으면 좋겠군."

"다른 중요한 일이요?"

"아, 그건 내 개인적인 용무."

똑똑.

그때 노크 소리와 함께 바르가 들어왔다.

"도련님, 리타 스승님께서 차를 내어 가라고 하셔서요."

"네, 바르. 고마워요."

그가 가져온 건 현지 날씨에 맞춰 시원하게 우린 냉차였다. 투명한 유리잔 세 개가 바르의 투박한 손길에 따라 각자의 앞에 놓였다.

'응?'

그런데 무슨 까닭인지 바르의 안색이 저택에 도착한 직후와 달라도 너무 달랐다. 좋아서 망아지처럼 날뛸 때는 언제고 저리도 표정이 굳은 것인지, 어디가 아픈가 걱정이 될 정도였다.

'마족도 아플 수 있는 건가?'

바율이 그런 객쩍은 생각에 빠진 때였다.

"그간 잘 지냈나?"

돌연 라예가르가 바르를 아는 체했다.

"……?"

난데없는 그 인사에 바율은 물론 이언까지 어리둥절했다.

둘이 아는 사이였단 말인가? 어떻게?

한데 바르의 반응이 뭔가 좀 이상했다. 흠칫, 몸을 떤 것으로 보아 분명 들은 것 같은데, 대답은커녕 외려 서두르는 기색이었다.

"대꾸도 없이 그냥 가는 건 좀 너무하는데?"

라예가르의 노골적인 언사에 바르가 결국 도망(?)치려던 것을 멈추고 쭈뼛쭈뼛 몸을 틀었다.

"…안녕하쇼."

"안녕하지 못한 건, 그쪽이 더 잘 알지 않나?"

"난 별로 할 말 없수다."

"있어야 할 텐데……."

'이게 대체 무슨 상황이지?'

바율은 간신히 티 내지 않고 있을 뿐, 굉장히 놀라는 중이었다. 바르는 마족이었다. 인간도 아닌 그를, 라예가르가 대체 어찌 알고 있단 말인가?

게다가 리타 말고는 누구 앞에서도 당당하던 바르가 어째선지 라예가르에게는 몸을 사리는 듯한 느낌이었다.

뭐가 무서운 거지?

"…이들 형제를 아시나요?"

"형제?"

"네. 데스, 바르, 아몬. 삼 형제 모두 이곳에서 하인으로 일하고 있습니다."

"아하, 여기선 형제로 통하나 보구먼? 근데 하인이라니! 처음 들었을 때도 웃기긴 했는데, 또 들어도 진짜 웃기는군."

라예가르가 실내로 들어와 처음으로 소리 내어 웃었다. 그의 아름다운 외모와 어울리는 멋진 웃음소리였지만, 바율은 그에 집중할 수가 없었다. 불현듯 일전에 그가 했던 말이 떠올랐기 때문이다.

친구들과 함께 그의 저택을 찾아갔던 날, 돌아가겠다는 바율에게 같이 가자며 따라나서려고 하였던 전적이 있었다.

"…그러고 보니 전에 저희 집에서 꼭 봐야 할 게 있다고 그러셨죠?"

"기억력 좋은데?"

"그게 뭡니까? 혹시…… 데스 형제들인가요? 그들과 원래부터 아는 사이이신 겁니까?"

"흐음…… 원래부터 아는 사이였다고 말을 해야 하나 말아야 하나…… 꽤 애매하군."

별로 어려운 질문도 아니거늘, 답하기가 싫은 건지 어쩐지 그가 교묘히 말을 회피했다.

"언제부터 어떻게 아시는 사이입니까?"

설마 이사장님도 마족인 겁니까?

지금 바율이 할 수 있는 가장 합리적인 의심이었다. 이언이 옆에 없었더라면 당장 입 밖으로 꺼내 물어봤을 것이다. 그만큼 괴이하고도 수상한 상황이었다.

"그냥 옛날에 잠깐 알던 사이라고 해 두지."

"형님!"

라예가르가 무어라 답을 할까 고심하는 찰나, 바르에게 구원자가 나타났다. 데스의 등장에 녀석이 화색을 띠며 그에게로 달려갔다.

"여어, 드디어 만났군."

라예가르가 반갑다는 듯 데스를 향해 환하게 웃었다. 반면 데스는 천하의 원수라도 만난 양 불쾌한 얼굴이었다.

"잠깐 나와서 따로 얘기했으면 하는데?"

"그럴까?"

라예가르는 마다하지 않았다. 그건 그 역시 원하는 바였기 때문이다. 그가 바율과 이언에게 찡긋 눈인사를 하고는 호기롭게 일어나 데스를 따라갔다.

'무슨 얘기를 하려는 거지?'

마음 같아선 이 자리에서 하라고 하고 싶었다. 둘 사이에 숨겨진 비밀이 무엇인지 궁금하다.

그런 바율의 심정이 닿았을까. 오랜만에 창가에서 따스한 바람을 맞고 있던 템페스타가 기지개를 켜고는 천천히 두 남성의 뒤를 쫓았다.

3.

데스가 라예가르를 데려간 곳은 저택의 뒷마당이었다. 광합성을 열심히 한 덕분인지 방학 동안 쭉쭉 자라난 잡풀들이 수영장까지 침범할 기세였다.

"쯧쯧, 정원 꼴이 말이 아니군. 하인이라면서 이런 건 관리 안 하는 건가?"

"지금 막 도착해서."

"아아, 그건 그러네. 내가 청소할 틈을 안 줬네."

"헛소리 그만하고 용건만 간단히 하지?"

"싹수없는 건 여전하군."

데스의 날 선 대꾸에 라예가르가 그제야 정원에서 시선을 떼며 데스를 똑바로 마주했다.

"갑자기 여긴 무슨 일로 왔지?"

"밖에서 못 들었나? 란데르트 공작인지 뭔지가 날 감시한다는 말? 경고가 좀 필요할 듯싶어서."

"나보고 그걸 믿으라고?"

데스의 입꼬리가 히죽 말려 올라갔다.

"그가 감시를 하든 말든 당신에게 달라질 건 아무것도 없을 텐데? 그저 핑계가 필요했겠지."

"핑계?"

"그래, 날 압박할 만한."

"호오, 압박이 되기는 된 모양이네? 하도 당당해 보여서 나는 신경도 안 쓰는 줄 알았는데."

"이렇게 찾아오기 전까지는 그랬지."

"아직 정체를 들키지 않고 잘 버티는 중인가 보지?"

"알다시피 내가 한 능력 하거든."

"능력?"

"청소에 남다른 재능이 있달까?"

"…뭐?"

생각지도 못한 말에 이해가 한 박자 느렸다. 잠시 의아해하던 라예가르가 이내 박장대소를 터뜨렸다.

"하하하! 진짜 웃기는군! 그러니까, 내 아들 친구의 마음을 사로잡은 능력이 청소 실력이다?"

정확히는 리타의 눈에 든 것이지만, 데스는 굳이 정정하지 않았다.

"그쪽에서도 알고 있나? 마황의 군대를 이끄는 총사령관이 인간계에서 청소나 하고 있는 거 말이야. 이렇게 오래 자리를 비울 수 있는 처지가 아닌 걸로 아는데?"

"내 걱정을 해 주는 건가?"

"그럴 리가. 내가 걱정할 게 있다면 오히려 그 반대겠지. 설마 내가 무슨 일을 하는지 잊은 건 아니겠지?"

라예가르의 눈빛이 전에 없이 가라앉았다.

"올 게 온 것인가?"

"알아들으니 다행이군. 하면 다음 행보는 따로 지시하지 않아도 되겠지?"

"지시?"

굉장히 거슬리는 단어 선택이었다. 감히 누가 누구에게 지시를 한단 말인가?

"내가 친히 핑계를 대며 여기까지 왔으니 조용히 꺼지란 얘기야. 괜히 정체가 드러나서 시끄러워지기 전에 말이지."

"정체가 탄로 나면 시끄러워지긴 그쪽도 매한가지 아닌가?"

"내가 왜? 나는 상관없는데?"

"일라이라고 했지, 아마? 그 아이는 상관이 좀 있을 것 같은데……."

"그 더러운 입으로 내 아들을 거론하지 않았으면 좋겠군."

잔잔하던 수면에 파문이 일듯 라예가르의 긴 머리칼이 휘날렸다. 그는 한순간에 다른 사람이 된 것 같았다. 웃음기가 싹 사라진 그의 얼굴은 소름이 쫙 끼칠 정도로 냉랭했다.

뿐인가. 대기의 흐름조차 바뀌었다. 마치 라예가르가 세상의 중심인 양 모든 것들이 그를 향해 몰려들었다.

"꼴에 아들이라고 챙기는 건가?"

갑자기 달라진 라예가르의 모습에 겁을 먹기는커녕 데스가 이죽거렸다.

"친자식도 아니라면서 되게 애틋한가 보네."

"그만하라고 했지."

"그쪽이 더럽게 느껴지긴 우리도 마찬가지야. 그러니 댁도 말 함부로 하지 마. 지금 이 태도가 로드에 대한 내 마지막 예우니까."

데스의 까만 눈동자에 또다시 붉은빛이 일렁였다. 진득한 살기가 순식간에 둘 사이를 메웠다.

"그 상태로 내게 덤비시겠다?"

"당신 정도면 본신의 힘 따위는 필요도 없지."

반신으로도 충분하다며 데스가 상대를 자극했다.

"훗, 이제 서열 9위로 올라섰다 그건가? 일전에는 아주 애송이였는데 말이야."

"그 애송이한테 당하면 참으로 억울하겠군."

"조약을 깬 건 너다. 불과 500년 전의 일인데 설마 기억이 안 난다고 하지는 않겠지?"

"당연히 기억하지. 그리고 난 조약을 깨지 않았어."

"…뭐?"

"아몬."

언제부터인지 아몬이 적당한 거리를 둔 채 대기하고 있었다. 그가 데스의 명에 즉시 달려와 라예가르에게 뭔가를 넘겼다.

"이게 뭐지?"

"읽어 봐."

라예가르가 받은 건 둥글게 말린 종이였다. 그것을 펴자 제일 위에 '조약서'라고 쓰인 큰 글자가 보였다. 밑으로는 세부 사항이 적혀 있었다.

"이건 너희와 우리가 협상한 내용이잖아."

"중요 내용에 표시해 뒀으니 살펴보고 다시 얘기했으면 하는데."

자신만만한 데스의 말투가 영 수상했다. 마족이 인간계에 와 있다는 것 자체가 조약을 어긴 것이거늘, 뻔뻔해도 정도가 있지 어이가 없을 지경이었다.

"조약서가 뭐 어쨌다는 건데?"

그도 여러 번 봐서 익히 아는 사항들이었다. 데스가 표시해 뒀다고 말한 부분을 두 번이나 읽어 봤지만 특이점을 발견할 수 없었다.

"너무 대충대충 사는군. 아몬."

데스가 재차 아몬을 부르자 그가 문제의 조항을 외웠다.

"조약서 제2조 1항, 향후 5000년간 마계의 그 누구도 인간계에 내려와 인간을 현혹시키거나 해칠 수 없다. 만일 그러한 일이 발생한다면, 조약서 제3조 3항에 의거하여 이유 여하를 막론하고 즉결 처분에 나선다."

"들었지?"

"…내가 아는 그대로인데 뭐가 다르다는 거지?"

"이렇게 감을 못 잡아서야. 대체 어떻게 로드가 된 거야?"

"내가 다시 한번 물어야 하나?"

라예가르의 미간에 선명한 주름이 그어졌다. 그가 제대로 알아듣게 설명하라는 듯 데스를 노려봤다.

"마계의 그 누구도 인간계에 내려와 인간을 현혹시키거나 해칠 수 없다. 이 대목에서 정녕 느껴지는 바가 없어?"

"있지. 너희 망할 마족들은 허구한 날 인간을 노린다는 것. 태생이 미천하니 본 거, 배운 거가 다 그런 거겠지. 매일 같이 거짓을 일삼고 동료를 배신하며 생명을 앗아 가는. 마족은 이 세계의 쓰레기야."

"…마족한테 뭐 당한 거 있나? 이건 완전 증오 수준인데?"

"할 수만 있다면 깡그리 없애 버리고 싶긴 하지."

"그건 나랑 생각이 비슷하네."

"뭐?"

"됐고. 난 인간을 현혹시킨 적도, 해친 적도 없거든?"

"……?"

"만약 그러한 일이 발.생.한.다.면. 이 부분이 포인트야.

즉, 난 아무 짓도 안 했으니까 제재를 가할 만한 일도 발생하지 않았다는 뜻이지. 그치, 아몬?"

"네, 사령관님. 저희는 인간계에 와서 개미 새끼 한 마리도 죽이지 않았습니다. 쭉 바율 도련님 곁에만 있었고요."

"들었어? 그랬다니까, 우리가."

아, 이제야 속이 시원했다. 라예가르를 만나면 어떻게 상황을 모면해야 하나 고민하고 또 고민했다. 마족이 인간계에 머무는 것조차 극도로 혐오하는 저들을 설득하기 위해얼마나 지난한 시간을 보냈던가. 조약서는 그런 고생 끝에찾아낸 놀라운 결과물이었다.

"그러니까…… 아무것도 안 했으니 죄가 없다?"

"조약을 어기지 않았다는 뜻입니다."

아몬이 정중하게 라예가르의 말을 수정했다.

"조약을 어기지 않았다는 건 곧 당신에게 나를 제재할권한이 없다는 것이기도 하지."

"아하하하, 사기를 쳐도 유분수지! 내가 그 말을 믿을 것같아?"

잠시 어리벙벙하던 라예가르가 어처구니없다는 듯 웃음을 터뜨렸다. 여기서 제법 긴 시간을 보냈다는 걸 이미 알고 있다. 그 기간에 작은 사고 하나 치지 않았다는 건 말이안 됐다. 마족이 그럴 리가 없다.

"못 믿겠으면 확인해 보든가. 당신 능력이면 가능하지 않나?"

하지만 데스는 자신만만했다. 라예가르의 눈이 가늘어졌다.

"…정말이야?"

"그렇대도. 안에 들어가서 살펴보면 알 거 아냐. 명색이 로드인데, 마족에게 지배당했는지 정도는 바로 알아차릴 수 있잖아?"

그건 이미 확인을 끝냈다. 적어도 이 저택 안에서 그런 자는 한 명도 없었다.

"다른 데 가서 친 사고도 내가 마음만 먹으면 금방 알 수 있어."

"말만 하지 말고 그냥 얼른 가서 알아보래도?"

데스는 제발 그래 주길 바랐다. 마계에서는 누구보다 거칠 게 살아온 그지만, 이곳에서만큼은 얌전히 지내고 있었다. 그래야 리타의 음식을 먹을 수 있기 때문이다.

"왜 그렇게 당당한 건데? 뭔가 다른 이유가 있나?"

"이유라니?"

"바율 옆에 붙어 있는 이유 말이야. 아무 짓도 안 했고, 안 할 거라면서 왜 하인으로 위장까지 해 가며 곁에 있는 거지?"

"…내가 그걸 꼭 답해야 하나?"

"혹시 정령 때문인가?"

라예가르가 턱으로 우측을 가리키며 물었다. 그러자 데스가 인상을 와락 찌푸렸다.

"그건 절대 아니고."

"끈질기네, 저 자식."

"똥고집이 좀 있지."

데스의 인정에 아몬이 동의한다는 듯 고개를 끄덕였다.

"쟤 좀 어떻게 할 수 없어?"

"아마 포기 안 할 겁니다."

"시끄러워 죽겠군."

라예가르가 주변에 친 차단막을 뚫기 위해 아까부터 무진장 애를 쓰고 있는 템페스타를 짜증 난다는 듯 바라보았다.

"저 녀석도 답답하겠죠. 눈에는 보이는데 무슨 대화를 나누는지 당최 들리지가 않으니. 아마 지금 환장할 지경일 겁니다."

데릭 건으로 미행과 잠행에 재미를 들인 후 제법 익숙해진 템페스타지만, 이번만은 실패였다. 녀석이 몰래 접근해서 염탐을 할 수 있을 만큼 그들은 호락호락한 상대가 아니었다.

특히나 라예가르는 이사장이란 신분으로 이곳을 찾았다. 그의 정체가 드러나면 아들인 일라이까지 그 본래의 실체가 밝혀지게 될 거고, 그렇게 되면 녀석의 살벌한 분노를 피할 길이 없어진다.

해서 뒷마당으로 나오자마자 아예 접근조차 못 하게 차단막을 친 상태였다. 9서클의 마법사가 오더라도 뚫을 수 없을 정도의 견고한 막이었다.

─야! 너희 거기서 뭐 하는데!

템페스타가 자신을 향한 시선을 느끼고 고래고래 소리를 질렀다.

─이거 뭐야? 뭔데 내가 못 들어가는 건데? 당장 안 치워? 나오면 너희 전부 다 날려 버린다! 앙?

다혈질 성격이 또 도졌다. 마음먹은 대로 일이 안 풀리자 눈이 돌아간 게 분명했다.

─얼른 열어, 이 나쁜 자식들아!

"바람의 정령이니 성질이 지랄 맞을 줄은 알았다만, 생각보다 심하군."

"저 정도면 약과인데?"

"저게 약과라고?"

데스가 그렇다며 머리를 까닥이자 라예가르가 입을 쩍 벌렸다.

"그런데도 그냥 가만히 뒀단 말이야?"

"말했다시피 얌전히 지내는 중이라."

"마족인 네가, 아니, 마계 총사령관인 네가 진짜 그랬다고? 왜? 저게 참아지나?"

"리타의 음식을 먹으려면 별수 없거든."

"…뭘 먹어?"

데스가 결국 본심을 말했다. 라예가르의 이해를 돕기 위해 아몬이 다시 한번 친절하게 나섰다.

그리고 잠시 후.

"이제 이해가 되시죠? 그렇게 된 겁니다."

그 모든 설명을 들은 라예가르는 기가 차서 말을 잇지 못했다.

"바르가 요리 배우는 걸 완수할 때까지만이야. 그 이후엔 조용히 사라져 줄 테니, 그때까지만 기다려. 만약 우리를 방해한다면……."

"방해하면 뭐? 나랑 붙겠다는 건가?"

"댁하고만 붙을까? 그땐 전쟁이야. 마족 대 드래곤. 이참에 다 쓸어버리겠어."

데스는 진심이었다. 그의 눈이 다시금 핏빛으로 물들었다.

"내 앞에서 감히 그런 망발을 잘도 지껄이는군."

"시작은 그쪽이 먼저 했거든."

"전부 없애 버리고 싶다던 말은 진심이었다. 그에 생각이 비슷하다며 동조한 건 너 아니었나?"

"맞아. 그건 아직도 유효해. 마계가 망하는 게 내가 바라는 거거든."

데스의 냉소적인 어투에 라예가르가 잠시 그를 가만히 쳐다봤다. 처음엔 실없는 소리라고만 여겼는데, 계속 듣다 보니 진심 같았기 때문이다.

"마계에 적이 많은가? 목숨이 간당간당해서 여기 피신이라도 온 거야?"

"나한테 궁금한 게 많은가 보군. 관심은 사양하겠어."

"감시를 관심으로 받아들이다니, 역시 마족들은 정상이 아니야."

"어쨌든 그럼 우리 건은 마무리가 된 건가?"

"일단 오늘은."

라예가르는 기습 공격을 당한 셈이었다. 조용히 마계로 돌아갈 것을 엄포하러 왔다가 조약서에 제대로 뒤통수를 맞았다. 수일 내로 다른 조항까지 모두 샅샅이 뒤져 판을 뒤집을 약점을 찾아낼 생각이었다.

"가능한 오랫동안 보지 않았으면 좋겠군."

"그럴 수 있다면 말이지."

—야! 너희 둘만 얘기하지 말고 이거 치워 보라니까! 내 말 안 들려?

"…아무리 뭘 몰라도 그렇지, 저걸 계속 보고 있으려니 참기 힘들군."

이제 갓 태어난 하급 정령에게 '야, 야' 소리를 듣고 있는 작금의 상황을 라예가르는 도무지 받아들이기 힘들었다.

"어떻게 저걸 두고 볼 수 있는 거지?"

"가끔은 귀여운 맛도 있어서."

"취향 한번 독특하군."

"귀찮아질 것 같으니까 차단막은 잠시 그대로 두는 게 어떨까 싶은데."

"나도 바라는 바야."

처음으로 의견이 맞았다. 당사자는 영원히 모르겠지만, 모든 게 템페스타 덕이었다.

4.

데스가 라예가르를 상대하는 그 시각, 저택 안에선 이언이 바율에게 사실을 털어놓고 있었다.

"실은 이사장의 말이 모두 사실입니다. 그를 추적하라 공작 전하께서 시키신 일이 맞습니다."

"…아버지께서 이사장님을 감시하라고 하신 게 사실이라고요?"

"네, 놀라신 것 알지만 이유가 있습니다."

당연히 그럴 것이다. 아버지께선 까닭 없이 움직이는 분이 절대 아니시다. 더욱이 제 친구의 아버지가 아닌가.

"저도 사다드를 통해 전해 들었습니다만, 자레드 군이 퇴학당하고 아카데미에 기부금이 대거 끊겼다고 하더군요."

"기부금이요?"

"아카데미란 게 대부분이 귀족들과 거부들의 기부금으로 운영이 되고 있습니다. 한데 자레드 군의 퇴학으로 헥터 공작이 적잖이 화가 났으니, 그쪽 진영에 몸을 담고 있거나 담고 싶은 자들에게선 후원이 끊길 수밖에요."

"한마디로 아카데미가 자금난에 허덕이게 되었다는 말씀이군요."

뜻하지 않은 소식에 바율은 심난해졌다. 괜히 모든 게 또 자신의 잘못 같아서 후회가 되기도 했다.

"그럴 줄 알았죠, 처음에는요."

"…네?"

"놀란 총장이 이사장을 찾아가서 푸념을 좀 한 모양입니다. 하루아침에 아카데미가 망하게 생겼으니 그도 제정신은 아니었겠죠."

'아, 그때가 그럼……?'

이사장의 저택에서 친구들과 총장님을 마주친 적이 있었다. 뭔가에 놀라신 듯 그들의 인사도 받지 않고 허둥지둥 사라지셨던 기억이 난다.

"근데 이사장이 턱 하니 거금을 내놓은 겁니다. 금액이 확실하게 공개되진 않았지만, 몇 년간 걱정 없이 아카데미를 운영할 수 있을 정도라고 하더군요."

"어마어마한 액수겠네요."

"문제가 그겁니다."

"그게 문제라고요? 어째서죠?"

"출처가 불분명한 돈이거든요."

출처 불분명?

"라이에게서 들었어요. 이사장님께 돈이 엄청나게 많아서 놀고먹는 게 특기라고."

"예전에 사업을 했을 때는 그랬겠죠. 하지만 지금은 전혀 소득이 있을 만한 활동을 하지 않는다고 하네요. 캐링스턴 시내의 저택을 구입할 때도 전액 현찰로 지급했는데, 그 역시 자금이 어디서 나온 건지 알 길이 없습니다."

"…그냥 예전부터 있던 돈이 아닐까요?"

"모든 자본에는 근거가 있는 법입니다, 도련님. 더구나 이사장이 내놓았다는 거액의 자금은 더 그렇지요."

"……"

"도련님이 어떤 생각을 하고 계실지 충분히 짐작이 갑니다. 안 그래도 그 점이 염려된 공작 전하께서 일라이 군의 아버지이니 각별히 조심하라 명하셨습니다. 오늘 보니 이미 들킨 것 같지만요."

"네……"

"첨언하자면, 공작 전하께선 조금이라도 수상한 점이 있으면 조사를 하셔야 하는 위치에 계신 분입니다. 하니 도련님께서도 이해를 좀 해 주십시오."

"당연히 그래야죠. 저는 그냥 라이한테 뭐라고 해야 하나…… 생각 중이었습니다."

이런 얘기까지 들었는데 녀석에게 아무 말도 안 할 수는 없었다. 아무리 싫다고 해도 어쨌든 녀석의 아버지였다.

아버지라면 그렇게 치를 떨면서도 정작 이사장님의 이름이 쓰인 만년필을 버리지 못하고 있는 녀석이었다. 시험공부를 할 때나 수업 시간에 종종 사용하는 것을 목격하기도 했다.

단순히 별생각 없이 갖고 나온 것일 수도 있겠지만, 일라이의 성격상 그럴 것 같지는 않았다.

증오는 애정의 반대말이기도 하나, 때로는 비례할 때도 있는 법이다. 밉다, 밉다 해도 속으로는 조금이나마 아버지를 향한 마음이 있을지도 모른다.

거액의 돈이 연관된 큰 사건인 만큼 밝히는 게 좋을 것 같았다.

"저는 해밀턴에 서찰을 넣겠습니다. 도련님이 약속하셨으니 체이서를 붙이는 것도 그만둬야 하지 않겠습니까?"

"이사장님은 마법사예요."

"예?"

"별로 중요한 얘기가 아닐 거라고 생각해서 굳이 말씀드리지 않았는데, 이제는 해야 할 것 같네요. 저도 직접 본 건 아니고 라이한테서 들었습니다."

"그래서 체이서들이 다 들킨 거로군요?"

이제야 뭔가 앞뒤 정황이 들어맞았다. 특별히 실력 있는 자들로 추려서 일을 진행하였는데, 어떻게 들킨 것인지 그러잖아도 의아하던 참이다.

모든 게 그가 마법사였기에 이리된 것이었다. 허무한 결론이 아닐 수 없었다. 여태 수집한 정보 중에 그런 말은 없었기에 충격이 더했다.

"라이 말로는 능력이 대단하시다고 했어요. 꽤 고위 서클의 마법사가 아닐까 싶습니다."

"범상치 않은 분위기를 갖고 있기는 하더군요."

이언은 오늘 처음 이사장을 보았다. 그는 전해 들었던 것보다 훨씬 더 미남이었고, 언사가 가벼웠으며, 속을 알 수 없는 눈빛을 지녔다.

왠지 범접할 수 없는 느낌이었다고나 할까?

눈을 맞추고 있으면 문득문득 등골이 서늘해질 때가 있었다.

'실력까지 감춘 걸 보니 영 찜찜하군.'

이언이 마주하면서도 마법사라는 걸 감지하지 못한 걸 보면 마법으로 본인의 능력을 숨긴 것이 틀림없다. 그렇다는 건 최소 6서클 이상의 마법사란 뜻이기도 했다.

"아, 그리고 제가 오늘 이사장에게 아니라고 잡아뗀 것은 그렇게 훈련을 받았기 때문입니다. 인정을 하는 순간 곤란한 상황이 닥칠 수도 있으니까요. 공작 전하를 욕보이게 되어서 죄송하였습니다."

"이언 경의 잘못이 아닌걸요. 그 정도는 저도 이해할 수 있습니다."

바율이었어도 그리하였을 것이다. 그 순간에는 그 수가 가장 나았다.

"전 그럼 서찰을 쓰러 가겠습니다. 서두르면 오후 기차 편으로 늦지 않게 보낼 수 있을 듯합니다."

"네, 이언 경. 수고해 주세요. 저는 짐 정리나 해야겠습니다."

—바율! 바율!

흥분한 템페스타가 실내로 들이닥친 것은 이언이 나간 직후였다. 녀석이 화가 난 건지 어쩐 건지 커다란 두 눈에 눈물이 고인 채 큰 소리를 냈다.

"왜 그래, 템페스타? 무슨 일이야?"

—데스 자식 죽여 버릴까?

"…어?"

안 그래도 통통한 녀석의 양 볼이 불룩하게 솟아 있었다. 울고 있는 녀석에게는 미안하지만, 이런 순간마저 템페스타는 너무 귀여웠다. 치명적 귀여움이라던 에이단의 말이 문득 떠올랐다.

—나 너무 약 올라! 약 올라서 미쳐 버릴 것 같다고! 데스 자식을 없애 버리지 않으면 도저히 이 분이 풀릴 것 같지 않아!

"우선 차근차근 말해 봐. 뭐 때문인데?"

생긴 것과 다르게 매우 위험한 발언을 서슴없이 내뱉고 있었으나, 템페스타는 원래가 그런 녀석이었다. 그래서 별로 이상하단 생각도 들지 않았다.

—바율이 둘이 무슨 얘기할지 궁금해했잖아. 그래서 내

가 몰래 따라갔거든?

"아, 그랬어?"

이언 경과 대화하느라 전혀 모르고 있었다. 캐링스턴에 오자마자 이노센트와 셰임은 각기 정령석을 찾아 흩어졌고, 스피넬은 그런 둘을 따라나섰다. 템페스타도 동행한 줄 알았는데 아니었던 모양이다.

"무슨 얘기 했는지 그럼 다 들었겠네? 전처럼 말해 주려고 온 거야?"

—아니! 나 하나도 못 들었어!

"응? 어째서?"

—이상한 막 같은 게 둘을 덮고 있었거든!

다시 생각해도 정말 짜증이 났는지 템페스타가 울먹거렸다. 성질만 다혈질이지, 이럴 때 보면 아직 한참 어린애였다.

그런데 이상한 막이라고? 무슨 막이지?

—데스 자식이 수를 쓴 것 같아!

"데스가?"

—응! 내가 듣지 못하게 일부러 그런 거야! 진짜 나쁘지 않아? 어떻게 그럴 수 있지?

'어…… 그럴 수 있을 것 같기는 한데…….'

템페스타에게 뭐라고 말을 해야 울음도 그치고 달랠 수 있을까?

바율은 나름대로 고민에 휩싸이기 시작했다.

데스 딴에야 자신의 개인적인 이야기를 템페스타가 듣길 원하지 않았을 것이다. 녀석이 들으면 바율까지 알게 된다는 걸 그가 모를 리 없다.

라예가르에게 밖에서 말하자고 한 걸 보면 자신에게도 밝히고 싶지 않다는 뜻이었다.

그의 진짜 정체를 몰랐을 때라면 모를까. 마족인 그들 형제를 이사장님이 알고 있다는 건 지금 생각해도 퍽 이상하긴 했다. 뭔가 엄청난 비밀이 숨겨져 있을 것 같은 느낌이랄까.

—바율이 나 대신 혼내 줄 수 있어?

"…내가?"

—바율이 고용주잖아. 고용인은 고용주가 시키는 대로 해야 한다면서.

이런 건 또 똑 부러지게 기억한다니까.

"근데 나보다는 리타가 더 무서울걸?"

—리타가?

"몰랐어? 요즘 이 집에서는 리타의 서열이 제일 높아!"

리타 본인은 모르는 것 같다만, 바율이 보기에는 그러했다. 무시무시한 마족 삼 형제를 주무르는 철혈의 소녀가 바로 그녀다. 리타가 자신의 전담 시녀라는 게 참으로 다행이었다.

—우 씨! 리타는 날 보지도 못하는데!

그러니 혼내 달라는 부탁도 하지 못한다. 그게 억울한지 녀석의 얼굴이 점점 더 울상이 되었다.

"행여 리타 앞에 나타날 생각 마라. 놀라서 까무러칠라."

그때 용무가 끝난 듯 데스와 아몬이 어슬렁어슬렁 걸어 들어왔다.

"오셨어요? 근데 이사장님은요?"

같이 나간 라예가르가 보이지 않았다.

"설마 가셨나요?"

"네, 바쁜 일이 있다고 하셨습니다."

"그래도 인사라도 하고 가시지……."

왠지 기분이 찜찜하다. 뭔가를 놓치는 느낌이었다.

"그분과 어떤 사이인지 궁금하시죠?"

"아무래도요."

아몬의 물음에 바율은 부정하지 않았다. 그들이 마족인 것도 있지만, 라예가르는 일라이의 양부였다. 그가 바율의 추측대로 마족인 것이 맞는다면, 일라이가 어째서 그토록 마족을 싫어했는지 설명이 된다.

"혹시 그도 당신들과 같은 동족인가요?"

"…동족?"

"네."

"그분을 설마 마족이라고 생각하신 겁니까?"

"아닌가요?"

"절대."

그런 상상을 했다는 것만으로도 굉장히 못마땅하다는 듯 데스가 인상을 구겼다.

"그분은 마족이 아닙니다. 그저 예전에 어떤 문제로 인간계에서 마주쳤던 적이 있을 뿐이죠. 해결이 되긴 했지만, 서로에게 좋은 기억은 아니라서 자연스레 잊고 지냈습니다. 그러다 여기서 이렇게 만나게 된 것이고요."

"우연치고는 무척 신기하네요. 그가 마법사인 건 아시나요?"

"물론이죠. 실력이 무척 출중하더군요."

"출중하기는 무슨. 그 정도는 아무나 다 하겠다!"

라예가르를 향한 아몬의 칭찬이 듣기 싫은지 데스가 퉁명스럽게 껴들었다. 아까도 느꼈지만, 라예가르가 퍽 싫은 눈치였다.

"아무튼 마족이 아니라니 다행이네요. 친구 아버지가 마족이라면 이걸 어떻게 대처해야 하나 고심하던 차였습니다."

이제야 좀 안심이 된다.

그가 마족이 아니라면 당연히 인간이겠거니 생각하는 바율이었다.

"도련님, 식사하세요!"

저택에 오자마자 해밀턴에서부터 들고 온 재료로 주방에서 뚝딱거리던 리타가 드디어 요리를 완성했는지 소리쳐 바율을 불렀다. 마침 출출해지던 참이었다.

"밥 먹으러 갈까요?"

"이 더러운 기분을 얼른 날려 버려야겠어."

그러려면 리타의 음식만큼 좋은 게 없었다. 데스를 선두로 바율과 아몬이 즉시 식당으로 향했다.

─바율, 데스 자식 좀 혼내 달라니까! 지금 밥 같은 걸 먹을 때가 아니라고!

그 뒤를 템페스타가 징징거리며 따라붙었다.

Chapter 9.
레오네트 백작가

1.

바율을 태운 마차가 높고 커다란 정문 앞에서 멈춰 섰다.
에이단이 보낸 편지에 녀석의 집 주소 같은 건 적혀 있지
않았지만, 제국의 최대 부호이자 캐링스턴의 주인인 레오
네트 백작가를 찾아가는 것은 그리 어려운 일이 아니었다.

"레오네트 백작가로 가 주시겠어요?"

시내에 널린 마차 중 아무거나 골라 타고 이렇게 말만 하
면 되었다. 이후로 한 시간여를 달린 끝에 드디어 에이단이
기다리고 있을 녀석의 본가에 도착했다.

"어쩐 일로 오셨습니까?"

정문에서 경비를 서고 있던 사내가 다가와 물었다.

"바율이라고 합니다. 에이단을 만나러 왔습니다."

"아, 란데르트 공작 전하의 아드님이신 바율 공자님이십니까?"

"네, 그렇습니다."

에이단이 미리 언질을 해 놓은 듯 사내가 반색하며 예를 갖춰 인사했다.

"만나 뵙게 되어 영광입니다. 우선 마차에서 내려 주시겠습니까?"

사내의 태도는 무척이나 정중했다. 바율은 의아했지만 일단 그의 청대로 마차에서 내렸다.

"이분들은 누구신지 여쭤도 되겠습니까?"

"아, 여긴 제 수하들입니다."

이번 방문에 바율과 동행한 건 데스 삼 형제였다. 이언이 따라나서겠다고 하는 것을 바율이 박박 우겨서 간신히 셋만 데려왔다.

잉그리드의 탈피 문제를 도와줄 수 있는 건 아무리 생각해도 바르밖에 없었기 때문이다. 그렇다고 바르 혼자만 데려가겠다고 하면 이상히 여길 것이 분명하기에 삼 형제가 전부 함께하게 됐다.

안전 문제로 이언이 끝까지 고집을 부리면 어쩌나 걱정했었는데, 그는 의외로 빨리 포기했다. 평소답지 않은 그의

266 정령의 펜던트

결정이 조금 이상하긴 해도, 바율의 입장에선 다행이었다.

"이쪽으로 오시겠습니까?"

험악한 인상의 삼 형제가 내심 마음에 걸리는 눈치였지만, 사내는 별다른 말 없이 이내 다른 마차로 일행을 안내했다.

"여기서부터는 이 마차를 타고 가실 겁니다. 보안을 위한 절차이니 양해 부탁드립니다."

그런 이유라면 바율이 이해하고 말 것도 없었다. 레오네트 백작가는 전 대륙을 오가며 사업을 하는 집안이었다. 이정도 절차는 마땅하고도 당연했다.

"여기에 정말 먹을 게 많은 거 맞아?"

마차를 타고 이동 중 데스가 확인 차 물었다.

"제 말이 여전히 안 믿기시나 봅니다."

"괜히 바르 꼬시려고 한 말은 아니겠지?"

"전에 야시장에서 드신 꼬치와 도넛이 맛있었다고 하셨죠?"

"그랬지."

"그걸 만든 분들이 전부 이 저택 출신이십니다."

"…진짜?"

데스의 표정이 대번에 달라졌다. 줄곧 담고 있던 의심의 눈초리가 기대로 바뀌는 순간이었다.

"에이단의 가문인 레오네트 백작가는 캐링스턴뿐 아니라 제국에서 제일가는 부자로 통하죠."

"그래서?"

"당연히 귀하고 먹음직스러운 음식들이 많지 않겠어요? 저만 믿으십시오. 오늘 맛있는 음식을 제대로, 양껏 드시게 될 겁니다."

그렇게 만족을 시킨 후에 잉그리드에 대한 조언을 얻는 것이 친구를 위한 바율의 야심 찬(?) 계획이었다.

"근데 이거 어디까지 가는 거지?"

정문을 지나고도 한참을 달렸는데 아직도 주변엔 수풀밖에 보이지 않았다.

숲속 한복판에 집을 지은 건가?

바율이 홀로 그런 생각을 할 즈음, 드디어 마차가 멈췄다. 도착했다는 마부의 말에 아몬부터 서둘러 문을 열고 나갔다.

"오, 좀 큰데?"

"먹을 게 진짜 많을 것 같긴 합니다."

"저택이 아니라 성이라고 해야겠군요. 정원이 정말 훌륭합니다."

아몬이 보이지도 않는 눈으로 주변을 둘러보며 감격에 벅차했다.

어마어마한 크기의 정원이 한 치의 어긋남도 없이 잘 정리된 상태였다. 아름다운 조각상이 곳곳에 배치되어 있었고, 화려한 분수대에서는 시원한 물줄기가 연신 뿜어 나왔다.

새하얀 대리석 벽과 시원한 푸른색의 기와지붕이 대단히 조화로우면서도 인상적인 저택이었다.

"어서 오십시오, 바율 공자님. 안으로 모시겠습니다."

그사이 연락이 닿았는지 저택의 현관문이 활짝 열리며 중년의 집사가 바율을 맞았다. 그의 인도에 따라 일행이 옮겨 간 곳은 한눈에 보기에도 상당히 고급스러운 자태의 응접실이었다.

사면 전체에 이름 모를 명화와 장식품이 걸려 있고, 진열대에는 값비싸 보이는 도자기며 보석들이 전시되어 있었다. 발아래엔 최고급 양털로 만들어진 화려한 색감의 카펫이 깔려 있고, 벽지의 문양과 가구의 모양 등 무엇 하나 우아하고 고풍스럽지 않은 것이 없었다.

"잠시만 기다려 주십시오."

휘둥그레진 눈으로 실내를 둘러보는 바율에게 집사가 다시 한번 정중히 인사를 하고는 일행만 남겨 둔 채 자리를 비켰다.

"식사는 언제 하지?"

"사령관님, 이제 막 도착했는데 아무래도 그건 좀……."

바율이 하고 싶은 말을 아몬이 대신해 주었다. 게다가 지금은 식사를 하기에도 애매한 시각이었다. 데스의 관심사를 모르는 바는 아니지만, 그들은 아직 에이단을 만나지도 못했다.

"에이단을 부르러 간 것 같으니 여기 소파에 앉아 잠깐 계십시오. 아마 먼저 간단한 다과라도 내올 겁니다."

어제 오후 늦게나마 에이단에게 답장을 보냈다. 바율을 알아보는 경비병과 집사의 태도로 보건대 편지는 무사히 녀석의 손에 전해진 것 같았다.

'설마 친구가 방문하는 날에도 일을 시키진 않겠지.'

녀석을 곧 만날 수 있으리라 기대하며 바율은 내심 그럴 거라 자신했다.

그러길 얼마나 지났을까.

"호오, 그래. 란데르트 공작의 아들이 찾아왔다고?"

다과는커녕 기다리던 에이단도 오지 않았다. 대신 그들 앞에 나타난 건 웬 노신사였다.

하얗게 센 머리칼에 까무잡잡한 얼굴과 손에는 주름이 자글자글하다. 한쪽 다리가 불편한 듯 지팡이를 짚은 채 절룩이며 그가 다가왔다.

"…혹 레오네트 백작님이십니까?"

갑작스러운 그의 등장에 바율이 깜짝 놀라며 후닥닥 일어섰다.

"밖에 나가면 다들 그리 부르기는 하지. 한데 난 회장님 소리가 더 듣기 편하더군."

레오네트 백작이 어디 자세히 좀 보자는 듯 바율의 코앞까지 걸어와 멈춰 섰다.

"후훗, 아비를 많이 닮았구나."

"…제가요?"

아버지께 물려받은 거라곤 은발의 머리 색뿐이었다. 타고나길 약골인 자신이 제국에서 가장 강인한 사내인 아버지와 닮았다니, 실로 처음 들어보는 말이었다.

"선하고 또랑또랑한 눈매가 똑같아. 네 아비도 어린 시절 그런 눈을 하고 있었거든."

"레오네트 백작님처럼 용맹한 기사가 되고 싶었다던 아버지의 말씀을 들은 적이 있습니다. 이렇게 뵙게 되어 영광입니다. 인사가 늦었네요. 바율 로마노프 혼 란데르트라고 합니다."

바율은 늦게나마 정식으로 예를 갖춰 레오네트 백작에게 인사를 올렸다.

"번거롭게 인사는 무슨. 일단 좀 앉자꾸나. 내가 다리가 이래서."

레오네트 백작이 지팡이를 들어 보여 주고는 소파로 가 앉았다. 어쩌다 보니 그와 데스 삼 형제가 마주 보는 형국 이었다.

"근데 이 삭막한 인상들은 누구?"

레오네트 백작은 저택의 주인인 자신이 왔음에도 가만히 멀뚱멀뚱 앉아만 있는 세 사내가 진심으로 궁금했다. 이제 껏 누구도 그를 이리 취급한 적이 없거늘, 뭐 하는 놈들인 지 불쾌하다기보다는 신기할 판이었다.

"아, 여긴 제가 캐링스턴에서 지내는 동안 저택을 돌봐 주시는 분들입니다."

"저택을 돌봐 줘? 그럼 하인이란 뜻인가?"

"…네, 뭐. 그렇지요."

"거짓말."

"예?"

"이게 어딜 봐서 하인 얼굴들이야?"

주름 속에 가려진 레오네트 백작의 눈동자가 날카롭게 번뜩였다. 칠십 남짓을 살면서 수많은 사람을 부려 봤지만, 이런 녀석들은 본 적이 없었다.

"뭔가 다른 꿍꿍이가 있구먼?"

"…꿍꿍이요?"

뜬금없는 그의 말에 공연히 바율만 진땀이 났다.

"뭘 얻어먹으려고 붙어 있는 거야? 이 녀석의 아비가 뭐 하는 인물인지는 알고 그러나? 허튼수작 부리면 안 될 텐데?"

'헉!'

바율은 겨우 속으로 숨을 삼켰다. 연륜은 무시할 수 없다더니, 역시나 보는 눈이 예사롭지가 않으시다. 데스 형제를 만나자마자 단박에 본심을 꿰뚫어 보실 줄이야.

"어떻게 알았지?"

"……?"

"얻어먹으려고 붙어 있는 거 말이야. 보는 눈이 상당히 쓸 만하군."

"뭐라?"

"데스!"

약속한 거 그새 잊었어요?

기다리던 간식이 나오지 않아 뿔이 난 그의 심정은 십분 이해하지만, 이곳은 예를 차려야 할 자리였다. 바율이 경고의 눈빛으로 데스를 쏘아본 뒤, 얼른 나서 사죄했다.

"레오네트 백작님, 죄송합니다. 데스가 원래 이런 사람이 아닌데, 요즘 좀 예민한 상태라서……."

"껄껄, 괜찮다. 버릇은 좀 없지만, 해코지를 할 위인은 아닌 것 같군. 성질머리 때문에 곁에 두면 득이 될지 실이 될지, 그건 모르겠다만."

"청소를 아주 잘합니다. 본성에서도 만족할 정도로 칭찬이 자자했지요."

변호해 줄 말이 이런 거밖에 없다는 게 한탄스러웠지만, 뭐라도 말해 주제를 바꿔야 했다.

"오, 청소를 잘해? 보기와 달리 재주가 있군."

"보는 이들마다 놀랄 정도입니다."

"그래? 하면 내 필요한 일이 생기면 연락 한번 해 보지. 때로는 청소가 아주 중요한 법이거든."

"…네?"

"수고비는 넉넉히 챙겨 줄 것이야."

'으아, 그러라고 한 말이 아니었는데…….'

당황한 바율이 '진짜로 부르시면 어떡하지?' 걱정하는 찰나, 또 다른 목소리가 그들 사이로 끼어들었다.

"할아버님, 여기 계셨습니까?"

"오냐, 에이스. 온 김에 너도 인사 나누어라. 란데르트 공작의 아들, 바율이다."

바율은 서둘러 뒤를 돌아보았다. 본 적은 없지만 이름은 들어 알고 있었다. 에이스라면 레오네트 가문의 장자이자, 에이단과는 물과 불처럼 성향이 맞지 않는다는 녀석의 친형이었다.

"에이스라고 한다. 만나서 반갑다."

바율은 왠지 긴장이 되었다. 형식적인 말로 인사를 건네며 손을 내미는 에이스의 첫인상은 그가 생각했던 것과 많이 달랐다.

에이단과 친형제가 맞나 싶을 정도로 완전히 다른 생김새였다.

작고 왜소한 체구의 에이단에 비해 형인 에이스는 일단 키가 매우 컸다. 피부도 구릿빛처럼 까맸고 짧게 자른 머리칼은 붉은 기가 도는 갈색이었다. 그의 가늘고 긴 눈매 속 검은 눈동자가 예리하게 자신을 훑는 것이 느껴졌다.

올해 열여덟 살이라고 들은 것 같은데, 분위기며 눈빛이 전혀 그 나이로 보이지 않을 정도로 조숙했다.

"안녕하세요. 에이단의 친구 바율이라고 합니다."

에이스의 손을 맞잡으며 바율도 격식에 맞춰 인사했다.

'딱딱해.'

맞닿은 그의 손바닥은 무엇 때문인지 굳은살이 박여 있었다.

"녀석에게 말은 많이 들었다. 가국어를 잘한다지?"

"…에이단이 그런 말을 했나요?"

몇 개 국어를 능란하게 해 대는 녀석이 하필이면 그런 자랑을 했다는 게 바율은 순간 부끄러웠다.

녀석의 형이니 에이스도 그에 못지않을 것이 아닌가. 더

욱이 자신의 가국어 실력은 내세울 만한 수준이 아니었다
(오롯이 바율 혼자만의 생각이었다).

"워낙 꼴통이라 부러운 거겠지."

"…네?"

내가 지금 뭘 잘못 들었나?

꼴통이라니?

에이단은 기사학부 수석인데요?

"에이스, 동생 보고 꼴통이 뭐냐? 틀린 말은 아니다만,
그래도 친구 앞에선 체면을 좀 세워 줘야지."

"네, 할아버님. 죄송합니다."

"근데 넌 무슨 일로 여길 온 게야? 짐은 다 나른 것이
냐?"

"아니요, 에이단 녀석이 늑장을 부려서 아직입니다."

"그 녀석은 아침나절부터 시작해 놓고 왜 여태 게으름
이야? 그래서 그 물건들 제대로 시간 맞춰 나갈 수는 있겠
어?"

"이 갈면서 하고 있으니 곧 완수할 겁니다. 고집 아시잖
아요."

"기다리려면 바율이 좀 심심하겠구나."

"…혹시 에이단이 지금 일을 하고 있는 건가요?"

두 조손 간에 오가는 대화를 듣고 있자니 바율은 묻지 않

을 수 없었다.

"한두 시간 정도면 끝날 거야."

"여기 있든가, 가서 도와주든가 그건 네 맘대로 하려무나."

손님이 찾아오거나 말거나 하던 일은 계속해야 하는 것이 이 집안의 법도인 모양이었다. 오늘 하루쯤은 쉬라고 해도 될 텐데, 할아버지도 형도 그럴 생각이 요만큼도 없어 보였다.

'에이단…….'

그제야 바율은 녀석이 왜 구해 달라고 했는지 조금은 알 것 같았다.

"에이단이 일하는 곳이 어디인가요?"

"진짜 도와주게?"

"네, 그냥 있기도 좀 뭐해서요."

에이단을 보러 왔는데 녀석의 형과 할아버지를 먼저 만나 이야기를 나누었다. 있을 수 있는 일이기는 하나 앞으로 한두 시간을 더 그래야 한다는 건 낯을 가리는 바율에게는 아무래도 부담이었다.

"네가 할 수 있을 만한 일은 아닌데."

에이스가 무리하지 말라며 단정 짓듯 말했다.

"전 괜찮습니다. 알려 주십시오."

짐을 나른다고 했으니 힘쓰는 일일 것이다. 자신과 데스 형제들이 도우면 금방 끝낼 수 있었다.

"정 원한다면야 뭐. 아녀."

"네, 도련님."

"안내해 줘."

"이쪽으로 오시지요."

바율을 맨 처음 맞아 주었던 집사가 에이스의 말이 끝나기가 무섭게 두 손으로 밖을 가리켰다.

"그럼 레오네트 백작님, 저는 먼저 나가 보겠습니다."

바율이 일어서자 데스 삼 형제도 따라서 일어났다.

"저녁 식사는 하고 가도록 해라. 긴 대화는 그때 다시 나누자꾸나."

"네, 이따가 뵙겠습니다."

바율은 에이스에게 목례를 건넨 후 재빨리 아녀 집사를 따라나섰다.

2.

바율은 꽤 오래 걷고 나서야 에이단이 일하는 장소에 당도했다. 거긴 집하장 같은 곳이었는데, 수를 헤아릴 수 없을 만큼 많은 인부들이 정신없이 바쁘게 물건들을 나르고 있었다.

"에이단!"

하지만 녀석을 찾기란 별로 어려운 일이 아니었다. 우람한 근육질의 사내들 사이에서 끙끙대며 자기 몫을 하고 있는 작은 소년은 아주 쉽게 눈에 띄었다.

"어라? 바율! 여긴 왜 왔어? 안에서 기다리지!"

땀을 뻘뻘 흘려 가며 일하던 에이단이 친구를 발견하고 한달음에 달려왔다.

"엄청 반갑다! 와 줘서 고마워. 나 어제 네 편지 받고 완전 감동 먹었잖아!"

에이단과 달리 바율에게 반가움은 나중 문제였다. 땀으로 흠뻑 젖은 친구를 본 순간, 안타까운 마음이 먼저 들었다.

"안 힘들어?"

"응?"

"이런 더위에서 일하는 거 말이야. 얼굴이 완전 새까맣게 탔네."

"아아, 햇볕에서 일 좀 하느라고."

편지에선 자기 좀 구해 달라며 처연하게 굴더니만, 에이단이 해맑게 미소 지었다.

생각보다 괜찮은 건가?

"근데 나 여기서 일하고 있는 건 어떻게 알았어? 누가 알려 준 거야? 악마 1이야, 2야?"

"악마 1, 2라니…… 그게 무슨 소리야?"

"할아버지랑 형 만났다면서. 아까 하인이 와서 알려 주던데?"

"그럼 레오네트 백작님과 에이스 형이 각각 악마…… 1과 2……?"

바율은 저도 모르게 말끝이 흐려졌다. 녀석에게서 종종 듣던 악마에 대한 이야기가 이제야 떠올랐다. 그게 레오네트 백작님과 형일 줄은 꿈에도 몰랐다.

"나만의 암호명이랄까? 바율, 너 악마 본 적 없지?"

"…악마?"

"어! 마족 말이야!"

반사적으로 바율의 눈동자가 데스 형제들 쪽으로 돌아갔다.

'셋이나 있어, 지금 네 앞에.'

하마터면 그리 말할 뻔했다.

"인간계에 숨어들어서 인간들을 몰래 괴롭히는 나쁜 마족! 그런 놈들이 있다면 바로 내 형과 할아버지 같은 얼굴을 하고 있을 거야. 틀림없어!"

"…마족들이 전부 나쁜 건 아니라면서. 그때 에이단 네가 그랬잖아."

데스는 물론이고 바르와 아몬 역시 별다른 표정의 변화가 없었다. 그런데 왠지 바율은 그게 더 신경이 쓰였다.

"그랬지. 천족보다도 착한 마족이 있는 건 사실이니까."

"맞아, 마신도 마신 나름이지!"

"그렇지만 나쁜 놈들이 훨씬 많다는 거! 그것 역시 불변의 진실이지!"

마족을 앞에 두고 마족을 욕하고 있다. 레오네트 백작님과 이미 한판(?)을 하고 온 데스이기에 자극해서 좋을 게 없다. 맞는 말이든 아니든 일단은 저 입을 다물게 하는 것이 좋으리라.

"아하하, 에이단. 마족 얘기는 그만하고. 얼른 일해야 하는 거 아니야? 저거 다 끝내야 하는 거 맞지?"

"아, 내 정신 좀 봐. 깜박했다!"

오랜만에 만난 친구가 반가워서 작금의 처지를 잠시 망각했다. 저 망할 짐들을 다 옮기기 전까지는 여기서 한 발자국도 움직일 수 없었다.

"바율, 미안한데 들어가서 기다리고 있어. 내가 최대한 빨리 끝내고 갈게."

"나 도와주려고 온 거야."

"뭐?"

"혼자보다는 여럿이 하는 게 빠르잖아. 안 그래요, 데스, 바르, 아몬?"

저 셋이 도와준다면 일은 순식간에 마무리가 될 것이다. 그러면 더 많은 시간을 함께 보낼 수 있었다.

"어떤 걸 옮기면 되는 거야?"

바율이 셔츠의 손목 단추를 풀며 호기롭게 물었다.

"우리가 왜 그래야 하지?"

갑자기 데스가 불퉁하게 말을 내뱉은 것은 그때였다.

"뭔가 착각하고 있나 본데, 날 고용한 건 너야. 이 녀석이 아니라고."

"알아요, 데스. 하지만 지금 상황이…….."

"아니야, 바율. 맞는 말이야. 이건 내 할 일이니까, 넌 그냥 기다려."

바율의 말을 자르며 에이단이 단호하게 거절했다. 녀석이라고 어찌 도움을 마다하고 싶겠는가. 후딱 해치우고 이곳을 탈출하는 것이 지금 가장 간절한 소원이기도 했다.

하나 전혀 상관도 없는 이들에게까지 괜히 일을 맡기고 싶지는 않았다.

'혹시 마족 얘기를 안 좋게 해서 기분이 상한 건가.'

기운 센 마족들이니 이런 일쯤은 쉽게 도와줄 수 있을 줄 알았기에 바율은 내심 서운했다. 고용주로서 일을 시키면 그만이었지만, 맘이 상해 있다면 강력하게 밀어붙이기도 그랬다.

"그럼 나라도 도울게."

하는 수 없었다. 바율은 혼자라도 도울 생각이었다.

"괜찮대도, 바율. 나 혼자서도 충분하다니까."

"나 이제 건강해진 거 알잖아. 도와주고 싶어서 그래."

"그 마음만 받을게. 너한테 내가 이런 일을 어떻게 시키냐?"

"친구 사이에 왜 못 시켜? 난 괜찮다니까?"

"내가 안 괜찮다고! 너 진짜 계속 이러면 시간만 더 늦어질……."

"비비안 꼬치 30개, 어때?"

"…데스?"

바율과 에이단의 실랑이가 길어질 즘, 데스가 불쑥 손가락 세 개를 내밀었다.

'화난 게 아니었나?'

"인당 10개씩. 합해서 30개. 그럼 도와주지."

'아, 거래였구나…….'

애초에 이걸 노리고 그랬던 모양이었다.

"보너스로 20개를 더 얹어 주죠. 생각보다 짐들이 무겁거든요."

"그럼 총 50개?"

"네, 제가 양심은 좀 있는 편이라."

상인 집안에서 자란 에이단이었다. 가족의 반대를 무릅쓰고 기사가 되기 위해 애쓰고 있지만, 녀석에게도 상인의 피는 흘렀다.

혼자서 하겠다고 거부할 때는 언제고, 기다렸다는 듯 데스의 제안을 덥석 물어 보너스까지 챙긴다. 덕분에 데스의 눈동자가 반짝반짝 빛나고 있었다. 도넛까지 준다고 했으면 평생 이 집에서 일하겠다고 나설 기세였다.

"바르, 아몬."

"네, 형님."

"당장 움직여."

데스의 명에 바르와 아몬이 한 치의 망설임도 없이 짐을 나르기 시작했다. 바율과 에이단은 나설 필요도 없었다. 성인 남성이 한 번에 하나씩 들기도 힘든 짐을 서너 개씩 들어 옮기는 바르와 아몬의 모습은 가히 위압적이었다.

"와, 대박!"

심지어 남들 눈에 그들은 외팔이에 장님이었다. 어디서도 본 적 없는 그 진귀한 풍경에 하던 일을 멈추고 구경하는 자들까지 생겨났다.

"힘쓰는 게 진짜 장난이 아니네? 왜 우리 집엔 저런 하인들이 안 들어오지? 바율, 갑자기 네가 엄청 부러워진다!"

"부러워할 것 없어."

저들이 각각 마계 서열 10위와 11위의 고위 마족이란다. 인간계로 넘어오는 마족은 데스 형제들을 끝으로 없애야 했다. 고로 에이단의 바람은 큰일 날 소리였다.

"뭐야? 벌써 끝난 거예요?"

에이단의 몫으로 할당된 짐이 있던 자리가 금세 썰렁해졌다. 그에 녀석이 감격하며 바르와 아몬을 우러러 올려다봤다.

"이렇게 잘해 주시다니, 제가 특별히 도넛까지 쏠게요!"

"도넛?"

"네, 전에 먹었는데. 기억하죠?"

"당연히."

기쁜 내색을 애써 감추는 게 티가 났다. 데스가 상상만으로도 애가 타는지 침을 꿀꺽 삼켰다.

"곧 큰 야시장이 열릴 거예요. 그때 바율과 같이 나오세요. 제가 세 분에게 근사하게 대접할 테니까!"

"드디어 형님께서 말씀하셨던 걸 먹을 수 있는 겁니까?"

"몹시 흥분됩니다!"

바르와 아몬이 기대에 부풀어서는 부들부들 몸까지 떨었다. 어쩜 이렇게 셋이 똑같을까. 어떤 면에서는 참으로 순수하게 느껴질 정도였다.

"오늘 이곳에 오길 정말 잘했군."

데스가 대단히 만족스럽다는 듯 씨익 웃었다.

"그러고 보니 이언 경이 안 보이시네? 안에 계셔?"

"아니, 오늘은 데스 형제들하고만 왔어."

"진짜? 이언 경이 순순히 보내 주셨다니, 희한하네."

야시장에도 쫓아올 만큼 호위에 신경을 쓰던 이언이었기에 에이단이 고개를 갸웃했다.

"사실 잉그리드 때문에 걱정이 돼서 내가 특별히 바르를 데려오려고 부탁했어."

바율이 목소리를 낮췄다.

"테이머로서 도움을 좀 줄 수 있지 않을까 해서 말이야."

"아, 맞아! 바르가 있었지! 완전 까먹고 있었다!"

일도 바쁘고 잉그리드 문제로 정신이 없어 테이머인 바르에 대해서는 생각도 못 하고 있었다.

"고마워, 바율! 고마워요, 바르! 진짜 나 무서워서 죽을 것 같거든요!"

"잉그리드는 어때? 어디에 있어?"

"몰라, 나도."

에이단은 어느새 울 것 같은 표정이었다.

"사흘 전부터는 아예 안 보이는 거 있지."

"안 보인다고? 그럼 사라졌다는 얘기야?"

"응."

"찾아볼 만한 데는 다 찾아봤어?"

"당연하지. 저택에 있는 동물이란 동물은 다 동원해서 찾아봤는데도 없더라니까!"

이야기가 어째 점점 더 심각해진다. 대체 별안간 어디로 숨어 버렸단 말인가?

"뭔가 남긴 게 없나?"

"…남긴 거요?"

바르의 특별할 것 없는 질문에 에이단의 눈빛이 불안하게 흔들렸다.

"흔적 같은 거 말이야. 그래야 찾기 쉽거든."

"그게…… 좀 걸리는 게 있긴 한데…….”

에이단이 주위를 살피며 머뭇거렸다. 다들 제 할 일을 하느라 더는 이곳에 관심을 두는 이들은 없었다. 에이단이 초조한 듯 입술을 잘근잘근 깨물다가 품에서 뭔가를 꺼냈다.

"…이게 뭐야?"

"깃털인가?"

에이단이 꺼내 든 것은 팔뚝만 한 길이 정도의 커다란 회색빛 깃털이었다. 이런 걸 어디서 구해 가지고선 갑자기 보여 주는지 바율은 이해가 안 갔다.

"잉그리드가 자주 가는 곳에 이런 게 떨어져 있었어."

"잉그리드의 깃털은 아닐 테고, 뭐지? 설마 이 새에게 공격이라도 받은 건가?"

"그런 것 같지는 않아. 싸운 흔적 같은 건 전혀 없었거든. 그리고……."

에이단이 떨리는 음색으로 고백하듯 말을 이었다.

"난 이게 잉그리드의 깃털 같아."

"무슨 소리야, 그게? 이게 어떻게 잉그리드의 깃털일 수가 있어? 크기 차이가 너무 나잖아."

"맞아, 너무 차이 나지. 근데…… 촉감이며 냄새가 똑같아. 난 알 수 있어. 아무래도 우리 잉그리드가……."

잉그리드가 뭐?

"…커진 것 같아."

"커져?"

"응, 편지에 말했던 것처럼 탈피를 시작한 것 같아."

"이제야 대충 감이 오는군."

에이단의 말을 곰곰이 듣고만 있던 바르가 돌연 알 수 없는 말을 내뱉었다.

"감이라니요? 바르, 알아듣게 말씀해 주시겠어요?"

긴장한 에이단을 대신해서 바율이 물었다. 이미 전적이 있어서인지, 에이단은 바르의 입에서 무슨 소리가 나올지 몰라 두려운 기색이었다. 녀석은 거의 매달리다시피 바율의 팔뚝을 붙잡았다.

"이게 네 말대로 진짜 잉그리드의 깃털이라면, 어느 놈의 피를 이었는지 알 것 같아."

"피를 이었다는 건…… 잉그리드를 낳은 어미, 그러니까 변신수의 정체를 안다는 것입니까?"

"어, 깃털을 가진 놈들 중에서 크기를 조절할 수 있는 건 그놈밖에 없거든. 잉그리드는 사라진 게 아니야. 못 돌아오고 있는 거지."

바르의 말투는 확신에 차 있었다.

"우리 잉그리드가 왜 못 돌아와요? 녀석이 잘못되기라도 했다는 건가요, 지금?"

"누가 그렇대? 잉그리드가 너라고 한번 생각해 봐. 네 몸이 갑자기 집채만 하게 커졌어. 그런 몸으로 바로 돌아올 수 있겠어? 다들 까무러치게 놀랄 텐데?"

"…그 말씀은 우리 잉그리드가 집채만 하게 커졌다는 뜻인가요?"

커졌다는 걸 어느 정도 짐작은 하고 있었지만, 집채만 한 수준은 아니었다. 에이단이 발견한 깃털만 해도 그보다는 훨씬 작았기 때문이다.

"아직은 아닐 거야. 하지만 늦으면 그보다 더 커질 수도 있어."

바르가 진지한 눈빛으로 에이단을 내려다보며 설명했다.

"작아지는 법을 가르쳐야 해. 성체가 완성되기 전에 말이야."

그렇지 않으면 멈추지 못해서 그대로 터져 버릴 수도 있거든.

바르는 부러 뒷말은 삼켰다. 안 그래도 놀란 녀석을 더 놀라게 해서 얻을 건 없었다. 보너스로 도넛까지 챙겨 주는 착한 소년에게 상처 주고 싶지 않았다.

"…어, 어떻게 가르쳐 줘야 하는데요?"

"그건 네가 알아서 해야지. 원래 어미에게서 배워야 하는 건데, 그 녀석에겐 어미가 없잖아."

잉그리드는 변종이 낳은 또 다른 변종이었다. 그만큼 불완전한 존재이기 때문에 어떤 변화가 일어날지는 마족인 바르도 확신할 수 없었다.

일단 지금은 한시라도 빨리 녀석을 찾아서 안정시켜야 했다. 그리고 그건 평소 교감을 나누었던 에이단만이 할 수 있는 일이었다.

"갈 만한 곳은 다 찾아봤어요. 근데 아무 데도 없어요. 몸이 커졌으면 더 쉽게 찾을 수 있어야 하는데, 이 깃털 하나밖에 못 건졌다고요."

"그야 지금이 제일 위험한 순간이니까."

"…네?"

"녀석들에게 탈피 과정은 매우 고통스러운 시간이야. 가장 무방비한 상태가 되는 셈이지."

"무방비요?"

"여긴 어떨지 모르겠지만, 마계에선 집중 공격을 당하기 딱 좋을 때랄까? 그래서 스스로를 보호하기 위해 은신하는 능력이 진화하지. 보통의 방법으론 찾을 수 없을 거야."

"지, 집중 공격……!"

잉그리드가 다치는 장면을 상상이라도 한 건지 에이단의 얼굴이 하얗게 질렸다.

"에이단, 진정해. 여긴 마계가 아니잖아. 이곳에서 누가 잉그리드를 공격하겠어. 안 그래?"

"그건 그렇지만……."

"서둘러서 찾아보자. 그럼 될 거야."

그렇죠, 바르?

어서 동의해 달라며 바율이 간청하듯 바르를 쳐다봤다.

"주변에 야생 동물이 별로 없는 것 같으니, 뭐. 죽지는 않겠군."

"주, 죽지는 않는다고요?"

집중 공격에 이어서 죽음이라는 단어가 또다시 에이단의 머릿속을 헤집어 놨다.

"탈피 과정만 잘 이겨 내면 예전처럼 지내는 것도 가능할 거다."

파괴의 샘물을 마신 마수들이 대부분 죽어 나가듯 변신수의 새끼 역시 외부의 공격을 무사히 이겨 내더라도 탈피가 끝나면 죽음을 맞이하는 경우가 대다수였다.

하지만 바르는 에이단의 심리 상태를 위해서 이 역시 말을 아꼈다.

"바르, 도와주세요."

바율이 기댈 곳은 마족이자 테이머인 바르밖에 없었다. 그라면 잉그리드가 어디에 있는지 분명 알고 있을 것이다.

"그 참, 귀찮은 도련님들이네."

이미 도와줄 마음이었으면서(도넛에 진작 넘어갔다) 바르가 하는 수 없다는 듯 고개를 까닥했다.

"대신 리타 스승님께 말씀 잘해 주셔야 합니다."

"당연하죠."

지금 이 순간만큼은 바르가 어떤 실수를 저지르더라도

다 막아 줄 자신이 있었다.

"흠, 그럼 어디 찾아볼까?"

일단 이곳에서 벗어나야 뭐라도 시작할 수 있었다. 바르가 손가락으로 돌연 저택의 꼭대기를 가리켰다.

"저기 올라가서 보면 더 잘 보일 것 같은데."

"그래요? 에이단, 가도 되는 곳이야?"

"물론이지! 빨랑 가자!"

이러고 있을 틈이 없었다. 만에 하나 잉그리드에게 무슨 일이라도 생긴다면 에이단은 견딜 수 없을 것이다. 녀석이 결의에 차서는 서둘러 일행을 바르가 가리킨 곳으로 안내했다.

"헉헉!"

다들 체력들이 좋은지 한달음에 꼭대기에 올라섰다. 당연한 얘기겠지만 데스 형제들은 호흡 하나 흐트러지지 않았다. 숨을 몰아쉬는 건 에이단과 바율뿐이었다.

"으차!"

바르가 훌쩍 몸을 날려 난간 위로 올라섰다.

"조심하세요!"

여기서 떨어지면 최소 사망이었다. 놀란 에이단이 경고했지만 바르는 들은 척도 안 했다. 외려 눈을 감고 마력에 집중했다.

'어디에 숨은 거냐⋯⋯.'

바르의 머릿속으로 일대의 지리가 그림처럼 떠올랐다. 그가 천천히 차분하게 그 그림을 훑어 내렸다. 그러던 바르의 눈동자가 번쩍 떠진 것은 그림의 중앙, 저택이 자리한 곳에 다다랐을 즈음이었다.

"여기로군!"

"벌써 찾은 겁니까?"

"어디인가요?"

기대 반 우려 반의 목소리로 바율과 에이단이 동시에 소리쳤다.

"밑."

"⋯네?"

"지하에서 웅크리고 있는 게 보여. 잔뜩 겁에 질려 있고."

그런 것까지 느껴지는 겁니까?

평소의 에이단이라면 호들갑을 떨며 놀라고 신기해했겠지만, 지금은 그런 걸 이상히 여기며 여유를 부릴 때가 아니었다. 잉그리드가 겁에 질려 있다는 말에 녀석의 두 다리가 먼저 움직였다.

3.

"여긴 짐을 보관하는 곳인가?"

저택이 워낙 으리으리해서 짐작은 했다만 지하 역시 방대한 규모를 자랑했다. 넓이도 넓이지만 천장이 까마득하게 높았다. 나무로 된 교각과 다리, 사다리 등이 마치 거미줄처럼 얽히고설켜 있었다.

"근데 엄청나게 밝네."

"야광석 덕분입니다."

제국에서 제일가는 부자답게 지하 전체에 야광석이 깔려 있었다. 덕분에 빛이 들어오지 않아도 앞을 보는 데 전혀 지장이 없었다.

"저희 상단에서 유통하는 모든 물품들을 모아 두는 중요한 곳이거든요."

"우린 이쪽으로 가야 하는데, 길이 막혀 있군. 어느 방향으로 가야 하지?"

지상에서와 같이 말끔히 정리는 되어 있었지만, 복잡한 구조 때문에 길을 찾기가 쉽지는 않았다.

"제가 앞장설게요."

바르가 가리키는 대로 에이단이 진로를 정해 나아가기로 했다.

"어라? 뭐지, 이 하찮은 기운은?"

그때 갑자기 바르가 인상을 찡그리며 고개를 갸웃했다.

"왜 그래요, 바르?"

"저쪽에 무언가 잔뜩 몰려 있는데, 그게 뭔지 모르겠습니다."

이전에는 느껴 본 적 없는 기운이었다. 상당히 화가 난 것 같은데, 그 기세에 비해 기운은 아주 형편없었다.

"에이단, 서두르자."

바르가 느낀 거라면 필시 동물의 기운일 것이다. 잉그리드에게 해코지를 하기 전에 빨리 가야만 했다.

"잠깐만."

에이단이 주위를 두리번거리더니 후다닥 뛰어가 어디선가 막대기 하나를 집어 왔다.

"혹시 몰라서."

뭔가가 있다고 하니 방어할 것이 필요했다. 막대기를 쥔 손에 잔뜩 힘을 주며 에이단이 다시금 걸어 나갔다.

다행스러운 점은 그들이 이동할수록 일하는 이들이 점점 뜸해진다는 것이었다. 어떤 사태가 벌어질지 모르는 때이니만큼 최대한 보는 눈이 적은 것이 좋았다.

"거의 다 왔어."

바르가 날카로운 시선으로 어두컴컴한 전방을 응시했다.

이전에 지나온 곳과 달리 야광석이 드문드문 걸려 있어 앞이 제대로 보이지 않았다.

"재고품을 쌓아 두는 곳이에요. 상대적으로 자주 오지 않는 곳이라서 어두운 편인데, 우리 잉그리드가 여기에 있는 건가요?"

"숨기에 최적의 공간이긴 하군."

깜깜하고 사람의 발길이 뜸한 곳. 평소엔 얼씬도 안 하던 데를 잘도 찾아내서 은신하고 있었다.

'스피넬, 환하게 불 좀 밝혀 줄래?'

바율은 해밀턴에서 밤마다 마실 나가던 때를 상기하며 버릇처럼 스피넬에게 부탁했다.

―네, 바율.

이제껏 조용히 바율을 뒤따르던 스피넬이 즉각 화답하며 전면으로 불을 날렸다.

화락!

"으아, 깜짝이야!"

갑작스러운 불길에 그러잖아도 긴장하고 있던 에이단이 화들짝 놀라며 펄쩍 뛰었다.

"앗, 미안. 먼저 말을 해야 했는데 마음이 급한 바람에……."

"아니야, 바율. 그럴 수 있지. 환하고 좋네…… 가 아니라, 뭐냐 이거? 마법사도 아닌데 네가 어떻게 이런 불을 만들어? 너 설마……?"

"응, 맞아. 불의 정령이야. 해밀턴에서 만났어."

"헐! 진짜?"

"나도 할 말이 많아. 이따가 자세하게 얘기해 줄게."

스피넬이 나타나자마자 중급 정령이 된 이야기를 해 주면 난리가 날 게 뻔하다. 잉그리드 일을 마무리한 후에 정식으로 소개를 하는 것이 여러모로 편했다.

"그래, 알았어. 지금은 잉그리드가 더 급하니까."

불의 정령이 어떻게 생겼는지 또 어떤 성격인지 등이 몹시 궁금하지만, 그건 잉그리드를 무사히 되찾은 후에 들어도 늦지 않는다. 에이단이 다시금 집중하며 전진했다.

"드디어 도착했군."

바르가 '출입 금지'라 쓰인 문 앞에서 멈춰 선 채 턱짓했다.

"이 안쪽이야. 내가 소리를 죽여 놔서 우리가 온 건 모르고 있어."

"고맙습니다, 바르."

이제 이 문을 열면 잉그리드를 볼 수 있다.

녀석이 얼마나 커졌을지 걱정이 되는 한편, 어떤 모습이든 빨리 만나고 싶었다. 그래야 이 불안감에서 해방될 것이다.

쿵쾅쿵쾅 심장이 뛰었다. 에이단이 꿀꺽 침을 삼키며 천천히 문을 안쪽으로 밀었다.

긴장한 탓인지 소리를 차단했다는 바르의 말에도 전혀 이상한 감을 느끼지 못하는 에이단이었다.

"이 하찮은 기운의 정체가 무엇인지 나도 한번 볼까나?"

바르의 수고로 나무 문이 아무런 소음 없이 스륵 열렸다. 스피넬의 불꽃이 미끄러지듯 가장 먼저 들어가 안쪽을 비췄다.

키힉! 끼힉힉!

"뭐, 뭐야?"

일행의 눈을 제일 먼저 사로잡은 건 쥐였다. 수십, 아니, 족히 백 마리는 넘어 보이는 쥐 떼가 일행의 등장에 깜짝 놀란 듯 이상한 소리를 내며 일제히 입구 쪽으로 머리를 꺾었다.

끼끽끽! 꺄하하학!

아무런 기척 없이 나타난 일행의 존재에 퍽 놀랐는지 쥐들의 울음소리가 커졌다.

"…어디서 이렇게 많은 쥐들이 몰려온 거지?"

근처의 쥐란 쥐는 죄다 모인 것 같았다.

"이게 쥐라고?"

"쥐가 뭐 이리 작아?"

"내 주먹보다 약간 더 큰데?"

마계의 쥐는 최소 이거보다 열 배 이상은 컸다. 하찮은 기운의 정체를 뒤늦게 파악한 바르가 어이없다는 듯 혀를 찰 때, 에이단이 비명을 질렀다.

"잉그리드!"

구석에 몰려 바들바들 떨고 있는 잉그리드의 모습이 그제야 눈에 들어온 것이다. 이전에 비해 몸이 수십 배로 불었지만, 다행히 외양은 전혀 변하지 않았다. 녀석이 쥐들에게 포위당한 채 공포와 맞서 싸우고 있었다.

"이것들이 감히 우리 잉그리드를!"

에이단의 눈이 회까닥 돌아갔다. 녀석이 대로해서는 막대기를 휘두르며 쥐 떼를 향해 달려들었다.

"허헛! 변신수 새끼가 한낱 쥐에게 몰려 떨고 있는 모습이라니!"

바르는 바르대로 기가 차다 못해 헛웃음이 터졌다.

Chapter 10.
다시 만난 친구들

1.

상황은 싱겁게 종식되었다. 에이단의 공격에 놀란, 정확하게는 마족의 살기에 눌린 쥐들이 찍찍 울어 대며 사방으로 흩어졌다.

그들 딴에는 영역을 침범당해 위기를 느낀 것이었으나, 에이단이 그런 사정을 알 리 없었다. 녀석에게는 그저 자신의 소중한 잉그리드를 해코지하려는 나쁜 쥐들일 뿐이었다.

"다 죽여 버리겠어!"

에이단이 완전히 흥분해서는 보이는 족족 막대기로 패대기를 쳤다.

화악!

그 와중에 방향을 잘못 잡은 쥐들이 바율 쪽으로 대거 몰려왔다. 참으로 안 되었다만, 그런 쥐들은 몽땅 스피넬의 불꽃을 맞고 까만 고깃덩이가 되고 말았다.

"저거 먹어도 되는 건가?"

탄내가 좀 나긴 해도 갑자기 고기 굽는 냄새가 진동하자 데스는 식욕이 동했다. 하나 본능적인 감이었을까. 왠지 먹어서는 안 될 것 같다는 생각이 그의 충동을 억제했다.

"마계에서도 저런 건 하급 마족들이나 먹는 겁니다. 이따가 저녁 준다고 했으니까 시장하시더라도 조금만 참아 보십시오."

"…쩝, 알았어."

행여 데스가 마음을 바꾸기라도 할까 봐 겁이 났는지 아몬이 신신당부를 했다.

그러다 보니 어느새 주변에 움직이는 쥐는 없었다. 눈에 띄는 것들은 전부 기절했거나, 몸이 터져 죽었거나, 탄내를 풍기고 있었다.

"헉! 잉그리드! 또 어디로 간 거야?"

이제 좀 녀석의 흥분이 가시나 했는데, 재차 사라져 버린 잉그리드로 인해 에이단이 또다시 새된 비명을 내질렀다.

"어이, 어이! 진정해!"

다행히 녀석이 발작하기 직전에 바르가 붙잡았길 망정이지, 하마터면 큰일 날 뻔했다. 그가 에이단을 뒤에서 안은 채 어깨를 틀어 구석 쪽으로 시선이 향하게 했다.

"있어 봐. 다시 보일 테니까."

"저기요, 바르! 지금 뭐 하시는 겁니까? 이러고 있을 때가 아니라고요! 놔주세요! 빨리 잉그리드를 찾아야 한단 말입니다!"

"그러니까 있어 보라고!"

에이단이 바르에게서 벗어나기 위해 몸부림을 쳤지만 꿈쩍도 안 했다. 애초에 녀석이 바르를 이기기란 불가능했다.

"아, 진짜 왜 이러시는 건데요! 제발 좀……!"

고함을 지르며 버둥거리던 에이단이 별안간 석상처럼 굳은 듯 움직이지 않았다.

"이, 잉그리드?"

녀석은 자신이 잘못 본 건가 싶어 두 눈을 세게 한 번 감았다 떴다.

"…어어? 잉그리드 너 왜 그래? 왜 몸이 생겼다가 말았다가 하는 거야?"

쥐 떼들이 사라졌는데도 잉그리드는 여전히 불안해 보였다. 이전처럼 바들바들 떨고 있지는 않았지만, 한껏 움츠러든 모습이 바율이 보기에도 안쓰러웠다. 어딘가 아픈 것 같기도 했다.

"스스로를 보호하기 위해 은신하는 능력이 진화한다던 내 말 잊었어?"

"그…… 집중 공격을 피하기 위해서 말인가요?"

"그래, 저건 몸이 사라지는 게 아니라 투명해지는 거야."

"투명이요?"

"약해진 자신의 상태를 감추기 위한 엄청난 기술이지."

변신수라고 해서 다 할 수 있는 기술이 아니었다. 타고나야만 한다.

쥐 떼에게 몰려 두려움에 떨던 녀석이 돌연 투명화 능력을 펼친다는 게 바르는 또 한 번 어처구니가 없었다. 마계에 있어야 할 변신수의 새끼가 인간의 손을 탔기 때문인지, 뭔가 뒤죽박죽 자란 느낌이었다.

"자, 이제 가서 해 봐. 더 커지기 전에 작아지는 법을 알려 주라고."

바르가 에이단을 놓아주며 앞으로 떠밀었다. 스피넬의 불꽃이 있었지만, 공간이 넓어선지 전체적으로 꽤 어두웠다. 그래서 잉그리드가 얼마나 커졌는지 감이 오지 않았다. 한데 녀석에게로 다가가는 에이단을 보고 있자니 비로소 크기가 실감되었다.

아무리 에이단이 왜소한 체구를 지녔다지만, 녀석의 정수리를 둥지 삼아 지냈던 잉그리드가 지금은 에이단보다도 훨씬 큰 상태였다.

"미우우우."

잉그리드의 커다란 두 눈에 담긴 건 두려움과 불안함 같은 것이었다. 녀석은 에이단을 알아보고 피하지는 않았지만, 이전에는 듣지 못했던 이상한 소리로 울어 댔다.

"그래, 잉그리드. 알아……."

에이단의 손바닥에서 총총거리며 놀던 녀석이었다. 그런데 한순간에 덩치가 수십 배로 늘었다. 당사자인 녀석이나 에이단이나 놀라기는 매한가지였다.

'하지만 내가 먼저 정신을 차려야 해.'

잉그리드는 어미도 없이 홀로 모든 걸 견뎌 내고 있었다. 본인에게 왜 이런 변화가 생겼는지도 모르는 눈치다. 늘 장난치며 까불기만 하던 녀석이 며칠을 혼자 이런 곳에서 고통과 싸우며 숨어 지냈다는 것에 에이단은 가슴이 찢어질 것 같았다.

"많이 무서웠지?"

"미우우."

"내가 설명해 줄 테니까 잘 들어 봐."

어느덧 잉그리드의 곁에 다다랐다. 에이단이 전처럼, 그러나 매우 조심스럽게 녀석을 쓰다듬었다. 예전엔 너무 작아서 손가락으로 살살 긁는 수준이었다면, 지금은 손바닥 전체로도 머리가 다 들어오지 않았다.

"넌 지금 탈피를 하는 중이야."

"미우?"

"많이 혼란스러웠지? 근데 이게 정상이래. 이런 과정을 통해서만 네가 성체가 될 수 있대. 성체는 잉그리드 네가 다 자랐다는 뜻이야. 어른이 되었다는 얘기지."

에이단의 음성은 한없이 자상했다. 손길 또한 다정하기 그지없었다.

그래서일까. 불안에 떨던 잉그리드가 차츰 안정을 찾아가는 느낌이었다.

"몸이 갑자기 이렇게 커져서 놀랐지?"

"미우우우."

"그래도 잉그리드는 여전히 귀여워."

"미우?"

"응, 진짜야."

잉그리드가 별안간 자신의 큰 머리를 에이단의 가슴에 박았다. 거리 탓인지 순간 에이단이 공격이라도 당하는 듯 보였지만, 바욜은 애써 조용히 자리를 지켰다.

'이노센트가 없어서 다행이야.'

워낙 친한 사이이다 보니 행여 놀랄까 싶어 일부러 두고 왔다. 이제라도 부르면 당장 올 수야 있겠으나, 우선은 잉그리드가 안정을 취하는 것이 중요했다.

"근데 잉그리드, 네가 원하면 예전처럼 다시 작아질 수도 있대."

"미우우우?"

"어, 해 봤어? 그랬구나. 잘 안 돼서 여기에 숨어 있었던 거지? 내가 도와줄 테니까 다시 한번 해 보자. 할 수 있을 거야."

에이단이 주문을 걸기라도 하듯 잉그리드를 연신 쓰다듬으며 설득했다.

"제법이군."

그 모습에 바르가 입가를 실룩였다. 아직 테이머로서는 미성숙하나, 반려동물과 교감을 나누는 것만큼은 수준급이었다. 상하 관계가 아니라 친구처럼 소통하며 지냈다고 하더니 그 지난 시간의 결과가 이렇게 나오는 모양이었다.

"작아지는 걸 상상해 봐. 내 손등 위에서 폴짝거리던 거, 내 어깨에 앉아 꾸벅꾸벅 졸던 거, 저기 바율 손바닥에서 놀던 거, 전부 다 기억하지?"

잉그리드의 눈동자가 처음으로 바율을 향했다. 바율은 부러 말하지 않고 살며시 미소만 지어 주었다. 정신을 집중

하려면 최대한 끼어들지 않는 게 좋겠다는 판단에서였다.

"그리고 여기 내 머리. 푹신푹신한 이 머리에서 자는 거 엄청나게 좋아했잖아. 따뜻한 둥지 같다고."

"미우미우!"

"그래, 그래. 나도 그때가 그리워."

"미우우."

"다시 그때로 돌아가는 거야. 마음만 먹으면 할 수 있어, 잉그리드!"

커지고 싶을 땐 다시 또 커지면 되는 거였다. 그런 순간이 올지 안 올지는 모르겠다만, 지금은 작아지는 것만 생각해야 했다.

"어엇?"

그때였다. 시간이 더 필요할 줄 알았는데, 놀랍게도 잉그리드의 몸이 점점 줄어들기 시작했다. 처음에는 서서히 작아지던 녀석이 어느 순간 빠르게 훅 하고 꺼지듯 사라졌다.

"삐옥!"

그리고 그토록 듣고 싶었던 특유의 소리를 토해 내며 에이단의 손바닥으로 폴짝 날아올랐다.

"오! 한 방에 성공인가?"

"축하합니다, 에이단 군."

"잉그리드!"

바율은 그제야 안도하며 기쁜 마음으로 친구에게 뛰어갔다.

"…에이단?"

"잘했어. 잘했어, 잉그리드."

뒷모습이라 몰랐는데, 에이단은 울고 있었다. 그간의 마음고생이 한꺼번에 녀석을 덮쳐 왔는지, 입으로는 잉그리드에게 계속 잘했다고 칭찬하면서도 눈에서는 눈물을 쏟아냈다.

"삐욕! 삐욕!"

잉그리드가 미안하다는 듯 파닥거리며 녀석의 주변을 빙빙 맴돌았지만, 에이단의 어깨는 한동안 떨림을 멈추지 못했다.

"다행이야, 에이단."

에이단이 뭘 걱정하고 염려했는지 바율은 알고 있었다. 변신수의 새끼는 어떻게 변할지 모른다고 했다. 모습이며 형체가 흉측하게 될 수도 있다는 걸 알고 있었기에, 차마 말은 안 했지만 속앓이를 좀 했다.

그런데 다행스럽게도 녀석은 단순히 커지는 변화만이 왔다. 심지어 그걸 멋지게 조절해 내는 데 성공까지 했다. 하니 어찌 기쁘지 않을 수 있겠는가.

"이리 와, 잉그리드."

손등에 내려앉는 잉그리드를 품에 꼭 끌어안으며 에이단이 마음속으로 신에게 감사함을 표했다.

　"삐욕! 삐욕!"

　"응? 잉그리드, 뭐라고?"

　몸을 되찾아 신이 난 듯 에이단의 품에서 빠져나온 잉그리드가 바율과 데스 형제의 머리 위를 크게 한 바퀴 돌았다. 그러던 녀석이 날갯짓을 줄인 것은 스피넬 앞에서였다.

　"아, 누구냐고?"

　"삐욕!"

　"너와 달리 내 눈엔 보이지가 않아서 모르겠지만, 아마 불의 정령일 거야. 그리고 그건 네 친구인 이노센트에게 물어보는 게 빠를 것 같아. 실은 나도 조금 전에 알았거든."

　"잉그리드가 지금 스피넬에 대해 물은 거야?"

　"스피넬?"

　"아, 불의 정령 이름이야."

　"보석 이름인데, 예쁘게 잘 지었네."

　"늦었지만 이제라도 인사를 시켜야겠다. 스피넬."

　바율이 명령하자 에이단에게만 보이지 않던 스피넬이 짠 하고 나타났다.

　"안녕하세요, 에이단 님. 만나서 반갑습니다. 불의 중급 정령, 스피넬이라고 합니다."

"…에이단 님?"

불의 정령의 모습에 놀라기도 전 그녀의 입에서 흘러나온 이상한 호칭에 에이단이 미간을 찌푸렸다. 상당히 어색했기 때문이다.

"웬 존칭이래? 불의 정령 성격은 이런 쪽인 거냐?"

"그게…… 이유가 있어."

"무슨 이유인데?"

"스피넬은 하급 정령이 아니고 중급 정령이야."

그러고 보니 본인 입으로 소개할 때도 그랬다.

"그렇다는 건 이노센트나 셰임, 템페스타는 하급이라는 거야?"

"응, 처음엔 스피넬도 하급 정령이었는데 성장을 한 거야."

"성장을 했다고? 그새?"

그건 또 무슨 소리냐는 듯 에이단의 질문이 이어졌다. 이럴 줄 알았다. 해야 할 말과 설명이 많은 만큼 질문은 꼬리에 꼬리를 물고 늘어질 것이다. 그러나 지금 여기는 그런 걸 해소할 만한 마땅한 자리가 아니었다.

"긴 얘기는 나중에 하고, 우선 밥이나 먹으러 가지?"

때마침 데스가 의견을 제시했다.

이만하면 나 굉장히 많이 참았거든?

그의 얼굴엔 그렇게 쓰여 있었다. 바율도 이번만큼은 전적으로 동감했다.

"근데 바율."

"응?"

"저분들이 정령에 대해 아시나 보지? 란데르트 공작 전하께도 말씀드린 거야?"

"아니, 아직. 말씀드리려고 했는데, 네 편지 받고 일찍 오는 바람에 못 했어. 데스 형제는 어쩌다 보니 알게 되긴 했는데, 걱정은 안 해도 돼. 말 안 하기로 나랑 약속했거든."

"나 때문에 일찍 오느라고 아버지를 못 뵈었다는 거야? 아! 결혼식 때문에 황도에 가셨구나?"

"어, 맞아. 겨울 방학에는 꼭 말씀드릴 생각이야. 그러니 신경 쓰지 말고, 데스 형제들도 배고프다고 하니까 식당으로 가는 게 어떨까? 아까 레오네트 백작님께서 식사 같이 하자고 하시더라."

"악마 1이 진짜 그랬어?"

"…응."

상대를 직접 봤기 때문인지 호칭이 정말이지 적응이 안 갔다.

"그렇담 참석해야지. 빠지면 두고두고 괴롭힐 게 뻔하거든."

"내가 말씀 잘 드려 볼게."

"뭐라고 할 건데?"

"잠깐 함께 갈 데가 있다고 하면 되지 않을까?"

"아서라. 꼬치꼬치 장난 아니게 물어볼걸? 대답 제대로 못 하면 너도 찍히는 수가 있어."

"노동에서 구해 달라며. 어떻게 나가려는 건데?"

"도망."

"뭐?"

"그냥 도망치려는 거였지. 네 마차 타고."

"뭐라고?"

대책 없는 녀석의 발언에 바율은 갑자기 골이 띵했다.

"아까 보니까 마차가 널렸던데, 굳이 왜 내 마차를 타려는 건데?"

"아, 정정. 네가 탄 마차."

"…뭐?"

"검문을 안 할 거 아니야. 몇 번 잡혔거든."

그러니까 한마디로 바율은 오늘 에이단의 도주를 돕기 위해 방문한 꼴이었다. 바야흐로 공범자가 되기 직전이었다.

"아무튼 됐고, 늦기 전에 가자. 곧 식사 시간이네."

"다른 녀석들도 다 같이 있었으면 좋았을 텐데……."

캐링스턴에 오고 나니 부쩍 친구들이 그리웠다.

'로건, 퀸, 라이. 모두 잘 있지?'

바율이 아쉬움에 속으로 친구들의 이름을 중얼거리며 에이단을 따라 식당으로 향했다.

한데 바율의 그런 바람 때문이었을까?

"어? 라이……?"

"헐! 퀸도 왔는데?"

뜻밖에도 식당에서 그들을 기다리고 있는 건 일라이와 퀸이었다. 로건은 없었지만, 그 둘만으로도 충분히 기뻤다.

오랜만에 만난 친구들이 너무나 반가워서 바율은 한달음에 뛰어가 일라이부터 안았다. 그에 퀸의 얼굴이 썩은 무처럼 일그러졌지만, 다행인지 불행인지 바율은 그 모습을 보지 못했다.

"아싸! 내가 이겼다!"

일라이가 손을 들어 주먹을 불끈 쥐었다. 영문을 모르는 바율과 에이단은 멀뚱멀뚱 눈만 깜박였고, 퀸이 지갑에서 5쿠나를 꺼내 일라이에게 던졌다.

"뭐야? 너희 내기했냐?"

"어! 근데 내가 이겼지롱!"

"무슨 내기였는데?"

"니들이 누구에게 먼저 달려와 안기나! 음하하, 역시 바
율하곤 퀸보다는 내가 더 친하지! 암!"

일라이가 퀸을 향해 약 올리듯 지폐를 흔들었다.

"라이, 그런 쓸데없는 내기는 뭐 하러 했어! 난 그냥 네
가 앞에 있……."

"그게 왜 쓸데가 없어? 바율 네가 자기에게 먼저 올 거
라며 퀸이 어찌나 철석같이 믿고 있던지, 내가 다 안쓰러웠
다니까?"

"…그랬어, 퀸?"

그때서야 퀸의 굳은 얼굴이 바율의 눈에 들어왔다. 바율
이 미안하다는 듯 그를 바라보는데, 에이단이 와락 퀸의 허
리를 끌어당겼다.

"퀸, 난 네가 먼저야. 절대 라이 말 듣고 그러는 거 아닌
거 알지?"

"비켜라."

"아잉, 왜? 오랜만인데 우리도 회포 풀어야지!"

퀸의 서슬 퍼런 눈빛에도 에이단은 기죽지 않았다. 녀석
이 더욱 강하게 퀸을 얼싸안았다.

"난 분명 비키라고 했다."

"이렇게 안고 있으니까 진짜 행복하다. 내가 방학 동안
얼마나 외로웠는지 너희는 모를 거야."

"하긴, 방학이었지. 네가 물 화살을 잊을 만도 해. 그치?"

퀸이 씨익 웃더니 컵에 담긴 물을 주욱 집어 당겼다. 그것은 이내 화살 모양으로 바뀌었고, 공중에 떠올라 정확히 에이단을 겨냥했다.

"넌 왜 마음에도 없는 소리를 하냐? 네가 진짜 나한테 저 화살을 쏘겠다고?"

"뭐야?"

"퀸 네가 말로만 그런다는 거, 이제 나뿐 아니라 다들 알아."

"…아니거든! 날 뭔가 굉장히 오해한 것 같은데, 그래 좋아. 네가 첫 희생자가 되는 것도 나쁘지 않겠군. 제국에서 제일가는 부자 가문이니 신관이나 치료사가 상주하고는 있겠지?"

퀸이 애써 당황함을 숨기고는 물 화살을 더욱 높이 끌어올렸다. 세기를 강하게 해서 날릴 거라는 위압적인 움직임이었다.

"뭐가 이렇게 시끄럽지?"

때마침 나타난 레오네트 백작이 아니었더라면 에이단은 정말로 물 화살을 맞아야 했을지도 모른다.

"에이단, 식당에선 정숙해야지. 이게 무슨 소란이냐?"

레오네트 백작 다음으로 에이스의 질책이 이어졌다. 퀸이 재빨리 치웠는지 백작과 에이스 누구도 물 화살을 본 것 같지는 않았다.

"오셨습니까, 백작님."

"처음 뵙겠습니다. 일라이라고 합니다."

바율과 일라이가 나란히 선 채 두 남자를 향해 정중하게 인사했다.

"오랜만에 만났더니 반가워서 장난을 좀 친다는 게 폐를 끼쳤습니다. 죄송합니다."

"열여섯이면 알 만한 건 다 알 나이일 터인데, 앞으로는 신중히 행동했으면 좋겠구나."

"네, 백작님. 명심하겠습니다."

"시장하니 어서 앉자꾸나."

레오네트 백작을 상석으로 한쪽 옆에는 에이단과 에이스가 앉고, 그 반대쪽으로 바율과 일라이, 퀸이 나란히 착석했다.

데스 형제들도 식사에 함께 끼면 좋았겠으나, 레오네트 백작과 함께 하는 자리이니만큼 그럴 수가 없었다. 귀족도 아닌 그들 형제가 겸상을 할 수 있는 이들은 많지 않았다.

물론 마족인 데스 형제들은 그에 전혀 신경조차 쓰지 않았다. 그들에게 그딴 것은 관심 밖이었다. 약속한 먹거리만 잘 제공된다면 얌전히 있을 위인들이었다. 오늘은 특별히 에이단이 부탁을 해 놓았으니 오랜만에 거하게 포식을 할 수 있을 터였다.

'와, 잔칫상이 따로 없구나.'

식탁 위로 곧 화려한 음식들이 놓였다. 캐링스턴이 항구 도시인 만큼 풍부한 해산물로 조리된 요리가 주를 이뤘다. 물론 싱싱한 채소와 고기도 종류별로 올라와 보는 이들의 시각과 후각을 즐겁게 하였다.

"에이단, 친구 소개 좀 해 주겠느냐?"

음식을 한 숟갈 입으로 떠 가며 레오네트 백작이 손주에 게 청했다. 바율과는 앞서 얘기를 나눠 봤지만, 일라이와 퀸은 지금 처음 보는 것이었다.

"그럼요, 할아버지."

'악마 1'이라고 지칭할 때는 언제고 에이단의 말투가 싹 바뀌어 있었다.

"바율은 이미 만나셨다고 하니 지나갈게요. 여긴 일라이 라고 마법학부에 다니고 있습니다. 그리고 퀸은 보시다시 피 인어국에서 왔고요. 인어국 왕의 아들, 그러니까 즉 왕 족입니다."

하니 허튼소리는 금물입니다.

괜한 시비 걸지 마세요.

친구들은 몰랐겠지만, 에이단의 소개에는 그런 사고가 깔려 있었다.

"얘들아, 다 알겠지만 여긴 내 조부님이신 레오네트 백작님. 그리고 이쪽은 내 형인 에이스. 올해 열여덟 살인데 엄청나게 삭았지? 이게 다 일중독 때문이란다."

"일중독?"

"어, 일하는 걸 엄청나게 좋아해. 신기하지?"

에이스가 그만하라는 듯 동생을 흘겨봤지만, 언제나처럼 잘 통하지는 않았다.

"근데 라이, 아까부터 묻고 싶었는데 넌 머리가 왜 그러냐? 스타일이 확 바뀌었는데?"

"멋있지 않냐?"

긴 단발머리를 고수하던 녀석이 난데없이 머리를 반으로 갈라 한쪽에만 두피에 닿도록 얇게 가닥가닥 땋아 내렸다. 화려한 색상의 실들이 함께 사용된, 이제껏 본 적 없는 희한한 머리였다.

"기분 전환 삼아 한번 해 봤어. 이게 드레드락이라고 하는 거다. 곧 유행하게 될 테니까 기다려 봐. 이래 봬도 내가 유행의 선두 주자 아니겠니?"

한껏 턱을 치켜든 채 거만한 자세를 취하는 일라이였지만, 실상 누구도 그에 반하는 말은 하지 못했다.

저 잘생긴 얼굴에 어울리지 않는 것이 어찌 있을 수 있
겠는가. 뭘 걸치고 뭘 해도 외모가 워낙에 뛰어나니 이상할
새가 없었다.

그걸 본인이 가장 잘 안다는 게 가끔 재수 없을 뿐, 반박
할 이들은 없었다. 한 사람만 빼고는.

"그런 머리가 유행을 한다면 당분간 캐링스턴 시내가 꽤
요란스러워지겠군."

"…그건 무슨 뜻입니까?"

돌려서 말하지 마시고 똑바로 말씀해 보시죠.

일라이의 도전적인 시선에 에이스가 피하지 않고 맞섰다.

"내가 보기엔 정신이 없어서 말이야."

"이 머리가 말입니까?"

"어. 대체 어떻게 감을 거지?"

"별 게 다 걱정이시네요."

본인 머리칼도 아닌데 참으로 쓸데없는 염려가 아닐 수
없었다.

"퀸, 넌 내 편지 받고 온 거야?"

악마 2가 날뛰기 전에 에이단은 급히 화제를 돌렸다.

"편지?"

"응. 내가 인어국으로 특별히 서신을 보냈는데, 그거 보
고 온 거 아니었어?"

"아닌데. 그냥 볼일이 좀 있어서 일찍 왔다가, 이언 경과 마주쳐서 바율이 여기 왔다고 하길래 와 본 거야."

"에이, 나 보고 싶었구나?"

"방금 그 말이 어째서 그렇게 들리는 거지?"

퀸은 진심으로 궁금했다.

"네 입으로 죽어도 그런 말은 안 하겠지. 괜찮아. 이해해."

에이단이 홀로 킥킥거리며 채소를 한 움큼 입으로 쓸어 담았다.

"얘기 나누는 걸 보니 다들 아주 각별한 사이인가 보구나. 하면 내 하나만 물어보고 싶은데."

"네, 백작님. 하문하십시오."

바율이 수락하자 레오네트 백작이 이전부터 가장 묻고 싶었던 문제 하나를 꺼내 들었다.

"에이단이 이대로 계속 아카데미를 다녀도 괜찮겠느냐?"

"…예?"

"그만두라는 내 말을 통 안 들어 먹어서 말이야. 그걸 친구들은 어찌 생각하는지 궁금하구나."

레오네트 백작이 이런 질문을 할 거라곤 전혀 생각지도 못했기에 바율은 순간 뭐라 대답해야 할지 난감했다.

"할아버지! 이미 끝난 얘기를 왜 자꾸 다시 하세요? 제가 다닌다고 했잖아요!"

"그건 너만의 생각이고. 네가 잘하고 있는지 어쩐지는 내가 모르지 않느냐? 객관적인 시선이 필요해서 묻는 것이다."

"객관적인 시선이 왜 필요한데요? 전 그냥 하고 싶은 거 한다니까요? 상단 일 같은 건 관심 없다고 몇 번을 말씀드려요!"

"에이단, 버릇없게 목소리가 너무 크잖아."

"형은 좀 빠져 줄래?"

"네 형으로서 네 행실에 대해 지적할 권리는 있어."

"아무튼, 이럴 때만 형이지."

에이단이 진심으로 짜증 난다는 듯 인상을 썼다. 그때 잠자코 있던 퀸이 입을 열었다.

"에이단이 1학기 중간고사와 기말고사에서 전부 학부 수석을 차지한 건 아십니까?"

"알다마다. 자랑을 좀 했어야지. 그게 뭐?"

"캐링스턴은 학생들의 학구열이 대단한 아카데미입니다. 그런 곳에서 수석을 하기란 쉬운 게 아니죠. 더욱이 동기생들보다 1년 먼저 입학한 에이단은 아직 또래보다 체구가 작습니다. 그런데도 무기술에서 전혀 밀리지 않더군요. 그건 자질이 있다는 거 아니겠습니까?"

"자질?"

"네, 기사가 되기 위한 자질 말입니다."

말하는 내내 퀸의 눈빛과 말투는 차갑고 딱딱했다. 기이한 것은 그럼에도 묘하게 신뢰가 간다는 점이었다.

"객관적인 시선이 필요하다고 하셨으니 한 말씀 더 올리자면, 동물과 교감하는 테이머 능력 역시 긍정적인 요인이 되면 되었지, 흠은 절대 안 될 겁니다."

"그런 얘기까지 털어놓았느냐?"

가족들만 아는 사항이라 여겼는지 레오네트 백작이 내심 놀란 표정이었다.

"어쩌다 보니 그렇게 됐어요."

자레드와 얽힌 일은 일부러 말하지 않았다. 도둑으로 몰렸었다는 걸 알게 되면 그만두라는 잔소리가 나올 것이 분명하다. 지금의 에이단에겐 조용히 있는 것이 최선이었다.

"지금은 그저 어린 학생이지만, 녀석은 필시 훌륭한 기사로 성장할 겁니다. 제가 보는 눈이 좀 있는 편이거든요."

일라이가 기다렸다는 듯 끼어들며 에이단을 칭찬했다.

"호오, 그래?"

"그래서 드리는 말씀인데, 그냥 지원 좀 해 주시면 안 됩니까?"

"뭐라?"

"아카데미에서 쉬지도 못하고 아르바이트하는 거 보면 제가 다 짠해서요. 돈도 많으시면서 너무 짜신 거 아닙니까?"

"라이."

솔직한 건 나쁜 게 아니지만, 지나치면 그것 역시 실례가 될 수 있다. 적나라하게 모든 걸 쏟아 내는 일라이에게 바율이 자중하라 눈짓했지만, 역시나 녀석은 거들떠보지도 않았다.

"방학인데 쉬지도 못하고 일이나 하고 있으니 너무 딱해서 말예요. 알바비는 넉넉히 챙겨 주시는 거겠지요?"

"하하! 맹랑한 놈이로세. 이사장의 아들이라더니 아주 달변가로구나."

"내가 얘기한 거 아니다. 오해 금물이야."

에이단은 그에 관해서라면 아무 말도 하지 않았다. 할아버지가 그걸 알고 있다는 사실에 외려 가장 놀란 게 녀석이었다.

"그게 뭐 비밀이라고 오해를 하겠냐."

"이사장님과 사이가 별로거든요."

"…아비가 별로 맘에 안 드나 보지?"

"그런 수준은 이제 넘어섰다고 봐야지요."

안 본 사이에 무슨 일이 있었는지 일라이가 마치 득도라도 한 양 대꾸했다.

"그거야 뭐 내 알 바 아니니, 그럼 남은 건 이제 바율이로구나. 너도 보탤 말이 있느냐?"

"…저 말입니까?"

"그래, 너도 에이단이 아카데미에 꼭 다녀야 한다고 생각하는지 궁금하구나. 난 저 녀석이 내 뒤를 이었으면 좋겠거든."

"…레오네트 백작님의 뒤를 잇는 건 에이단에게도 영광이자 축복일 겁니다."

"바율!"

너 무슨 소리 하냐?

전혀 예상하지 못했던 발언이 바율에게서 흘러나오자 에이단은 물론 일라이와 퀸까지 이상한 눈으로 바라봤다.

"아버지께 백작님에 대한 일화를 가끔 전해 들었습니다. 일화 속의 백작님은 항시 멋지고 의로우시며 따뜻하신 분이었죠."

"란데르트 공작이 포장을 아주 잘해 놨구먼."

"레오네트 백작님은 명예로운 기사이시자 많은 사업체를 이끄시는 성공한 사업가이시기도 합니다. 감히 말씀드리면, 에이스 형님에겐 사업의 뒤를 잇게 하시고, 에이단에겐 기사의 업을 잇게 하시는 게 어떨까요?"

"그 얘기를 하려고 나를 그리 띄운 것이었더냐?"

"여태 제가 한 말엔 한 치의 거짓도 없습니다."

바율이 에이단을 마주 보며 말을 이었다.

"언제가 될지는 모르겠지만, 라이 말처럼 미래의 에이단
은 제국에서 아주 유명하고 특별한 기사가 되어 있을 것 같
거든요. 레오네트 백작님께 누가 되지 않도록 말이에요. 안
그래, 에이단?"

"당연하지! 지금은 할아버지가 좀 더 알아주고 있지만,
몇 년 지나면 턱도 없을 거라고요. 제 발밑도 따라오지 못
할 겁니다!"

"뭣이라? 저 버릇없는 놈이 또!"

"아무튼 이제 그런 말 좀 그만하세요! 밥 먹는 자리에서
이게 뭐예요? 음식 다 식겠네. 그런다고 제가 아카데미를
그만둘 것 같아요?"

"네가 퍽이나 그러겠다."

"알면서 대체 왜 그러세요? 노인네, 진짜 이해가 안 간
다니까."

"저저저, 망할 놈!"

레오네트 백작이 뭐라고 하건 에이단은 신경 끄고 음식
을 먹기 시작했다. 잠시 눈치를 살피던 친구들도 그런 녀석
을 따라 놓았던 포크를 들었다.

"할아버님, 따듯할 때 얼른 드십시오."

"오냐, 너도 어서 먹으려무나."

에이단에게 눈을 흘기며 레오네트 백작이 고기를 한 덩이 입으로 가져갔다. 그런 그의 모습은 일견 화가 난 듯 보였지만, 입가엔 히죽 미소가 감돌고 있었다.

'녀석, 친구들은 잘 골라 사귀었군.'

에이단이 친구를 집에 데려온 것이 처음이기에 레오네트 백작 나름의 면접(?)을 본 셈이었다.

끼리끼리 어울린다고, 하나같이 성질은 좀 더러운 것 같다만 레오네트 백작은 손주의 친구들이 마음에 들었다.

물론 그 마음과 녀석들이 한 얘기는 완전히 별개의 문제였다. 자식을 강하게 키운다는 그의 신념은 변함없었다.

손주를 위해 주는 태도는 꽤 감동스러웠지만, 앞으로도 녀석에 대한 지원금은 없을 예정이었다.

〈다음 권에 계속〉

4컷 만화

라예가르

보너스
4컷 만화

템페스타

옛날이야기

오랜만에 보니
옛날 생각이
다 나네.

또 무슨
쓸데없는
얘기를
하려고

녀석한테 새하얀
이불을 깔아줬더니
글쎄 거기에…

아…

어릴 때라면
다들 한 번쯤은….

자기가 자수를
넣었더라고.

밋밋한 건
죽어도 싫다
이거지

어?

…무슨 얘기
하려고 하지
않았어?

아아아무것도
아닙니다.

내 친구
놀리지 마.

속상해

어떻게 나한테

밉다고 할 수가 있냐고!!

씨익 씨익

게다가 그걸 잊어버려!?

그래 나도 너 같은 거 밉…

……

……

…지는 않은데에에에

쟤 또 왜 저래~

위험한 생각

카앙

킄…,

캉

물만 있었어도…!

쾅

!!

……!

인체의 70%는 수분…

안 돼 퀸

사아아

심의등급이 바뀌고 말 거야